靈武文叢

|第二辑|

灵州诗韵

LINGZHOU SHIYUN

杨云才 著

灵武是宁夏境内文化古韵深厚之地，曾经在唐代是一国之君唐肃宗李亨登基的地方，作为诗歌最为繁荣的盛唐时期，在当时，灵武就是书生学士诗人们的往来之地，留下过不少关于灵武的古诗词。这是灵武的幸事，其源远流长的文脉一直延续至今。

黄河出版传媒集团
宁夏人民出版社

图书在版编目（CIP）数据

灵州诗韵 / 杨云才著. —银川：宁夏人民出版社，2015.12
（灵武文丛 / 孙志强主编）
ISBN 978-7-227-06212-7

Ⅰ. ①灵… Ⅱ. ①杨… Ⅲ. ①诗歌评论—中国—文集 Ⅳ. ①I207.22-53

中国版本图书馆CIP数据核字（2015）第310728号

灵武文丛
灵州诗韵 杨云才 著

责任编辑 姚小云
封面设计 伊 青
责任印制 肖 艳

黄河出版传媒集团
宁夏人民出版社 出版发行

地 址 银川市北京东路139号出版大厦（750001）
网 址 http://www.yrpubm.com
网上书店 http://www.hh-book.com
电子信箱 renminshe@yrpubm.com
邮购电话 0951-5052104
经 销 全国新华书店
印刷装订 宁夏精捷彩色印务有限公司
印刷委托书号 (宁) 0000088

开本 880mm×1230mm 1/16
印张 16.75
字数 200千字
印数 2000册
版次 2015年12月第 1 版
印次 2015年12月第 1 次印刷
书号 ISBN 978-7-227-06212-7/I·1589
定价 36.00 元

总　序

中共灵武市委书记 

为了展示近年来灵武市的文学创作实绩，市文联的同志经过辛勤的工作，整理编纂了第二辑《灵武文丛》，这是一件很有意义的好事，也是全市精神文明建设的一件大事。

文学的本质就是“充满劳绩，但仍然诗意地／栖居在这片土地上”（海德格尔语）。灵武是中华民族远古文明的发祥地之一，也是一座历史文化名城。在这片土地上，曾留下唐太宗李世民行吟的身影，也曾留下康熙大帝的“历尽边山再渡河，沙平岸阔水无波。汤汤南去劳疏筑，唯此分渠利赖多”的豪迈辞章。深厚的文化底蕴点燃了一代又一代人的创作激情。特别是新时期以来，可谓硕果盈枝，人才辈出。据我所知，全市现有中国作协会员、宁夏作协会员、银川作协会员近四十人，在我区文坛上，算是较大的群体。文学创作势头喜人，出版了近百部个人文学专著，涌现出了查舜、季栋梁、杨森君等一批在区内、国内都有知名度的作家、诗人，也涌现出王学江、王佩飞、俞学保、杨贵峰、刘京……一批具有很强创作实力的中青年作家，获得了多项区内、国内文学奖项，为我市争得了荣誉，为建设文化灵武做出了积极的贡献。这辑《灵武文丛》，是我市文学界再一次集体成果展示。其中有老骥伏枥、雄心依然的杨东刚的长篇小说《我爷爷失踪之谜》；

有文思泉涌、诗意盎然的中年作家杨云才的诗歌评论集《灵州诗韵》；有文才飞扬、意到笔随的王凤国的诗集《在阳光里飞翔》；有文笔天成，唯美致性的青年作家陈丽娟的散文集《点滴之间》；这四部作品是从十多部文集中筛选出来，代表了近年我市文学创作的成就。事实证明，文学创作越繁荣，灵武大地就越充满魅力。

经济是形，文化是神，抓不好经济没有地位，抓不好文化没有品位，这已成为全市有识之士的共识。只有形神兼备，才是一个完整的，富有生命力、竞争力的城市。在追求经济快速发展的同时，市委、市政府在今后的工作中将进一步加大投入力度，积极扶持文学创作，为作家朋友们提供尽可能多的帮助，让他们以更加饱满的热情，更加睿智的头脑，更加高尚的情操为灵武的文学艺术繁荣做出更大的贡献，力争把灵武的文化品位提升到一个全新的层次。

日出江花红胜火，春来江水绿如蓝。我相信，在这个美好的时代，在灵武这一方热土上，我们的作家必将大有作为，赢得更高的声誉。我也特别希望我们的作家、诗人朋友们立足灵武，放眼世界，坚持方向，扎根生活，贴近群众，努力反映多姿多彩的现实生活，充分表现人民群众昂扬向上的精神风貌，创作出更多更好的文学艺术精品，努力把灵武的风土人情，灵武的建设成就宣扬出去，让灵武声名远播，八方来客，提升灵武的综合竞争力，实现灵武的更大发展，为建设“市强、民富、家美”的美好新灵武做出新的更大的成就。

是为序。

序：诗意栖居地——灵武

杨云才

说起灵武的历史，自然会想到唐朝。灵武是宁夏境内文化古韵深厚之地，曾经在唐代是一国之君唐肃宗李亨登基的地方，作为诗歌最为繁荣的盛唐时期，在当时，灵武就是书生学士诗人们的往来之地，留下过不少关于灵武的古诗词。这是灵武的幸事，其源远流长的文脉一直延续至今，所以，灵武大地自古就有崇诗好词之传统。

《灵州诗韵》正是借此源生，一来与历史遥相对接，二来将灵武当代汉语诗歌写作者的群像集中展示于此。这次的展示与此前出版的灵武现代诗选《安放倒影的湖泊》（杨森君编选）不同，虽然《灵州诗韵》中的大部分诗作依据了此前的诗选，但是，在这本书中——《灵州诗韵》——我们采用了对所选诗人的诗作进行逐一点评，这样做，既有利于我们认识灵武诗人、认识灵武诗人的写作，又有利于将灵武诗人的作品通过点评的方式予以普及，以便让更多的读者通过点评文字更好地领会诗歌。《灵州诗韵》所选诗人，都与“灵武”

有关，只要在灵武出生、在灵武工作过，不管他们现在还在不在灵武，都在我们关注的视野里。

当然，诗无达诂，虽然在点评中我们力求遵循诗歌创作的各项理念，对一首诗尽可能做到客观、科学、艺术的点评，但是，一千个人眼中就有一千个哈姆莱特，对同一首诗，由于人生阅历各异、知识储量不同、审美角度有别，肯定会有不一样的理解。这里只是我们的理解，不勉强求同，但也不排除我们的点评将有助于您更好地理解和领会作者呕心沥血写下的诗篇。

现在，这本书就放在您的面前了，权当抛砖引玉，让灵武诗人的诗作赢得多方见地，使其理解纷呈，余愿足矣。

2015.7.25

目录
contents

序：诗意栖居地——灵武

（目录按姓氏笔画排序）

丁学明的诗（5首）

作者简介：丁学明，男，回族，1965年10月出生于灵武。宁夏大学毕业。迄今发表各类题材文学、新闻作品八十万字。现创办并经营银南广告公关公司。1999年于西北第二民族学院（现更名北方民族大学）设立“丁学明奖学金”。

给老师

您镜片后的深潭里
曾荡游过我们的无知与渴求
粉笔与时光擦落的银灰
铺在您身后
是一条圣洁的路

终于您老了
风度在挥动的两臂间

变得迟缓
可手势划出的激情
却流畅而深沉
我们能原谅您翻动教案的缓慢
像热爱您皱纹里的慈祥
是您黑板上真诚的一笔一画
构筑了我们知识之宫的脚手架
也是您树一样的凋谢
启迪了我们对秋的认识

啊，老师
黑板和春夏秋冬的背景上
拍摄和珍藏您身影的
是我们涂满阳光的金色心灵
假如，我们是
您布置的一个星空
那么，我们深情注视的
就是您

点评：诗歌是对现实的感悟，也是抒写诗人对现存事物的诗意思考。这首诗写于20世纪80年代末。曾经当过老师的作者，无疑对教师的职业及由此产生的诗意化生活存有热忱。他试图通过具有职业细节的想象，扩大并提升教师职业的崇高感与使命感。由“镜片”到“星空”、由写实到想象将一条由时光、银灰铺就的圣洁之路，通过层层推进的抒写方式完美地刻画了出来。这是一种记载，也是一种寄托。它的整体气息散发着一个学子对教师生涯的敬仰与爱戴，它无疑配合了当时诗歌主流倾向的担当，诗歌要将自己的视角定格于现实，诗歌要成为正能量的优美途径。

葵花地

她们本是太阳的家族
当绿色的翅膀纷纷长出纷纷扇动起
凌云的向往之时
太阳反复叮嘱——
就留在大地上吧留在黄颜色的大地上
于是在地平线反复掠过的五月的风中
所有的心纷纷开放

扩散——扩散——心在扩散
六月蔓延成七月七月蔓延成八月
歌在蔓延成熟在蔓延深情在蔓延
大地的血在脉管里并非血的颜色
阳光在心的圆盘上镀着金粉
每天每天当星星们歌唱忧伤思念的时候
心与心便连成大片的静默大片的思念
——回来啊父亲回来啊太阳回来回来
地平线终于颤动终于有阳光喧嚣涌出之时
这里便有泪纷纷滴落滴落

当玉米成熟麦子成熟稻浪撤退回
她们便捧着痛苦结成的思念结成的
忠实结成的心
太阳对无数草帽下的黑眼睛反复嘱咐——
那心盘里每一圈每一轮都是忠实
每一颗每一粒都是
种子啊种子

点评：一个诗人只有将自己所熟悉的生活纳入到创作的视野，他才可能由此实现自己对所描写事物的最大想象。没有想象力，诗歌将是枯燥的、苍白的。葵花地是作者熟悉的一个现成的意象。当它被作者关照时，当它作为诗歌的一种题材被作者进行艺术加工时，它已不再是原有的葵花地了。葵花地也不再是作为一种农业态势给予我们视觉的满足，而是作为一种文化载体呈现给了我们。我们在葵花地领略到了作为生存之需的古老情怀。作者正是通过发散性的想象，成就了该诗的宽阔、细密，实现了源自现实又高于现实、表现现实又不照搬现实的艺术创作之法。

西部小毛驴

小毛驴走在春风里依然是小毛驴
小毛驴啃吃青草皮鞭下抖擞精神走路
小毛驴打个滚站起来依然是小毛驴
小毛驴和许多山有关许多人有关
和许多时代有关

小毛驴嘚嘚地走慢慢地走
小毛驴自卑地走忧郁地走
小毛驴走前走后都是跟着主人
小毛驴穿透命运只有靠生命
小毛驴慢慢地走嘚嘚地走
无论多么昂然的时代
都有小毛驴驮着沉重
或灾难或喘息或疲惫
这样赶路
小毛驴走路仅仅是为了走路
小毛驴沉默仅仅是因为沉默
小毛驴闯荡世界后成为老毛驴
某月某日在别无选择的路上死去
在这个世界上留下没走完的路至多
还有儿女

有个民族相信小毛驴知道
另一个世界的事情
因此它的沉默便成了
透彻世事的沉默
因此与此相似的沉默
贯穿了无数人生

点评：这首诗有种宿命的意味。相信作者是怀着一种洞悉生命的怜悯之情写下了它。他写自己熟悉的物象，比如，小毛驴。纵观中国的农业发展史，毛驴所发挥的作用是不可忽视的，它是生产力中的一个延续了几千年的要素，即使到了解放以后，尤其在中国生产力低下的年代，毛驴承担了交通运输的功能。作者正是看到了这种不可忽视性，才要以诗歌的方式将其记录下来。作者通过排比式的抒写，将毛驴的命运通过各个侧面展示了出来。让人看了确认、同情。这无疑包含了一个诗人对待万物的平等之心。诗歌作为一种传播人文的文学样式，就是要将人性的温情诉诸所要表达的对象上。《西部小毛驴》的意图便在此彰显。

田埂上的老者

生命走到这最后一站
孤独了寂寞了
他又要去转转看看
看看他熟悉的稻田
拐村插进泥里
身子仍要摇晃
目光落在稻尖上
心便是一片拔节的空响
回想吗回想
每个年龄的记忆
都贴着这绿色的背景
曾经挥着镰刀驶进麦浪
像阵急风
举起稻捆两只臂膀

闪着铜光
爱摔跤爱躺在田里睡觉

也爱这么转悠
——那是在幻想

他以老者的风度站在那里
眼睛微笑着
绿色在荡漾
他站在那里
夕阳下便有一个和蔼和身影
无边的稻穗便有了一个
举目的中心……

点评：劳动者才是田野的中心。一位老者，当他进入暮年，他最感慰藉的是田野，因为田野里盛放着他一生的梦想。田野就是他幻想的摇篮。也许，只有在他熟悉的田野里，他才能找到生命的力量；也许，只有通过田野看到自己熟悉的“麦浪”“稻穗”他才能忘却人到暮年的孤单。作者通过写实与想象的语言，刻画了一个老人穿梭往昔的健康的身影。看似写的是“小我”，其实写的是大我，是所有在田野里劳作过的人们的缩影。文本里深含悲悯与同情，也许，作者在试图通过这样的诗意描述唤起人们对老年人的关心；也许，作者回到故乡，在看到了这真实的一幕，才有感而发。

给 L

绞断蔓延向你的心的叶片
这是个灿烂的夏天
创伤愈合般必然
但这的确是结束而不再是片断
如果不堪重负请你
走向明天明天明天
总有细雨和风总有天地高远
让你卸去湿重的从前

那天夏天
那个夏天你衣角款款
目光款款
阳光很灿烂
你的路边有人凝在某个时间
有血在沸腾漫过心岸
十九岁啊十九岁我是个爱诗的青年
世界像花园
你站立的地方总是最明亮的一片
那个夏天有你太多的夜晚
世界充满了你我却寒冷而孤单

你相信晚风如约一定很柔很淡
你相信有眼泪就有感动的目光闪现
你相信一切终会好没也要见识苦难

你清楚每个枪口前都有美丽的惊惧
你相信诗人的疲倦心中尚有余烬可燃

那个年龄我想推动地球
不需要支点
那个时候我多想走在你面前
不动声色地为你捏碎所有的惊险
可为什么我没有毅然向你靠岸
记得跋涉前我问过你
山那边是否还是山
我总假装我的意思很简单
那个开阔的距离里我没有搭箭
一年前已是很晚很晚

就因为快乐的舟曾驶进险滩
你的目光里便有了
拒绝世界的语言
我到达后才知道错了一站
然而我的誓言铮铮依然
我有阳光般的心愿可以剪理你的纷乱
我有心的绿林请你
重新托出你惊怯的梦
你可以忧郁可以呐喊
但不许信念如磨盘
慢嚼着的确是灾难的灾难
一圈又一圈

你真诚地用心主宰过月亮
而月亮总也不圆
然后现在
只有再见
为了那么多剩下的时间

柔情可以千瘦如线
道路却会铺向天边
再打扰你
愿每一次可能的相遇都有上帝
做好心的指点
秋天里你坐在自己的果实边
会感觉到世界也没有什么缺憾

点评：这是作者写给自己的一首诗。从文中可以看出，作者是写给“一个十九岁爱诗的青年”的一首诗。20世纪80年代，作者就是一位小有名气的校园诗人。青春期是一个青年做梦的年龄，一个对世界充满了好奇与向往的年龄，一个胸怀远大志向的同时又倍感迷茫的年龄。正如作者所写：“你真诚地用心主宰过月亮／而月亮总也不圆”。这正符合了中国诗歌所倡导的“诗言志”的古老传统。但是，诗歌又不同于决心书，它必须通过诗性的意象、诗性的思绪完成诗人的梦想。所以，我们才能更生动地感知诗人所想，比如，当作者为自己的未来构筑蓝图时，它的终局便如诗句所言：“秋天里你坐在自己的果实边，会感觉到世界也没有什么缺憾”。这里，作者是在通过意象说话，通过意象建立起与读者沟通的可能。

王佩飞的诗（4首）

作者简介：王佩飞，江苏泗洪人，中国作协会员，灵武市作协主席，银川文学院签约作家。著有中短篇小说集3部。小说《日子的味道》《权术》《座位》《推理》《乐天派老李》等获宁夏文艺奖、“惠达杯”征文最佳作品奖等奖项；《跑水》《清官》《奔跑的树》《水笑的声音》《古器》《谶语》《日子的味道》《女孩》《儒仁的图腾》《带着村庄上路》等被《小说月报》《小说选刊》《读者》转载或作为佳作推荐；《谶语》入选《2008中国年度短篇小说》。

那时候，我们在贺兰山

那时，我们正当年
接到命令去守贺兰山
没有踯躅，没有犹豫
为了祖国一往无前
风头似刀峰峦如剑

铁流千里踏遍群山
贺兰山的青松，四季常青
雨雪风霜同我们相伴

以军人的名义筑起钢铁长城
与山碧绿与雪庄严
地窝子里有过我们的梦想
冰雪下面是春天的渴望

日月轮回，星光流转
山里军营，山外是遥望中的故乡
独立塞上望穿秋水
紫罗兰样的姑娘远嫁他方

我们有情，化为报国忠心
我们有爱，直到鞠躬尽瘁
寸土寸金寸心里
青山历历，贺兰巍巍

血与火的洗礼中
矗立着永不凋谢的青春
山风中静静的战友墓
是天南地北永恒的英灵

山的守护神，是我们
山的脊梁，是我们

我们站起，是贺兰山上的青松
我们躺下，是贺兰山脉的延伸

点评：这首诗歌的写作手法相对比较传统，但是，这没有影响该诗言之有物的叙述与充满饱满的激情。作者王佩飞曾经有过一段军旅生涯，镇守在贺兰山脉。青春岁月满怀报国之心，完全可以通过这首诗中飞扬的思绪与铮铮有声的词语领会到。读一首诗，不仅要将这首诗定位在某个特定的语境中，更要追索这首诗所表现的时代。过来的人都知道，在20世纪七八十年代，人们的梦想几乎都毫不犹豫地建立在与国家命运相一致的维度里。与只沉溺于写“小我”的诗歌相比，这样的诗更显厚重，大气。读之，有一种回肠荡气的豪情在；读之，我们能感受到一颗赤子之心，如何倾国无悔，也无怨。

夫　妻

很温柔
但不像爱情
很甜蜜
但不是友谊

点评：诗人杨森君曾说过一句话，诗歌就是来不及细说。这句话事实上正指向现代诗歌的一个重要的特征：简短、简约，以少胜多。《夫妻》一诗的高妙之处在于，以极为朴素、简单的笔调，道出了夫妻之间情感上的微妙变化。随着时光的变迁、岁月的历练，结婚之前男女之间的情感状态与结婚之后男女成为夫妻，开始了婚姻生活后的情感状态肯定是不一样的。过了“七年之痒”，在繁琐的婚姻生活里，过往的吸引、激情、激动必定有所变化。作者洞察到了这样的变化并且给出了令人欣慰的答案，原来是这样的啊，这样挺好：夫妻之间依然相爱——“很温柔 / 但不像爱情 / 很甜蜜 / 但不是友谊”。我想，大多数夫妻读到这样的诗句，必会露出会心的微笑。

强　者

打碎的牙齿
咽下去
化作　脊梁
任人
指戳

点评：这首诗所要诠释的无非是一种“隐忍”的力量。诗歌可以夸张，诗歌也可以有违常理。因为在现实中，没有人会因为别人的非议而打碎自己的牙齿。在这首诗中，我们只需领会作者写作这首诗的初衷与意图，而不用考虑客观的真实如何。正像杜甫写李白的一首诗中所描述“李白斗酒诗百篇”不必追究其事实究竟一样。我想，作者对强者的理解应该是一种有修养的克制，有谋略的隐忍，而不是锋芒毕露地去回击，而是卧薪尝胆般地强大自己。把自己的牙齿打碎，再用碎了的牙齿作为构筑自己的脊梁。这是有尊严的选择，只有这样，方可充满自信，不再畏惧他人的是非评说。其与流传甚广的一句话“走自己的路，让别人去说吧”一脉相承。

无 奈

那时
牙齿很好
没有豆子
如今
豆子很好
却没有了
牙齿

点评：这是一首很好的哲理诗。貌似简单，实则道出了人生百味中的一味。这是对人生所遇与机会不对等的生动描述。正如，年轻的时候，我们曾充满了精力，但是，由于阅历不足，经验有限，该做的事却没能如我们的意；等到历练了人生，积累了丰富的人生经验，梦想着要做一番大事业时，结果可能由于我们的年岁及身体的原因，我们却变得力不从心。其实，一首诗未必故意写得复杂、深奥，让人不知所云。这也是当下一些初学写作诗歌的部分写作者易于步入的误区，以为要把诗写得像诗（恕笔者偏见，越像诗的诗，可能恰恰不是真正意义上的诗）。再看这首诗的通俗、简单，我们方才明白，为什么古人有云：话说通俗易传远，大道至简最入心。

王凤国的诗（12首）

作者简介：王凤国，男，回族，宁夏大学中文系毕业，中学高级教师，曾在《民族文学》《回族文学》《青少年文学》《朔方》《现代生活报》《宁夏日报》等十多家区内外报刊及文学网上发表过诗、散文、杂文、评论和报告文学等三十多万字作品，有作品入选多部文集，坚持写作二十余年，关注人生与社会，注重表现人生情感体验、力求反映人生哲理，努力做一名有良知有批判意识的文化人。

5·12的夜晚

这样的夜晚
是谁还在低低地哭泣
是谁孤寂的灵魂还在大地上游弋
是谁点亮了红蜡烛为死者祈祷
是谁又把无限的忧伤四处传染
这样的夜晚

远离的星星也无法安眠
寒冷的光揪得我心口生疼
尘封的诗稿也无法平静
所有的文字都挂满了泪珠

这样的夜晚
一种记忆成了我永恒的伤口
360个流逝的日子
无法治愈今晚深重的痛苦
360种最美的设想
无法修复昨日撕裂的声音

这样的夜晚
我只能坐进一种悲情里
我只能融入一种呼喊里
我只能把所有的爱化成泪水飞舞
我只能把所有的忧伤变成诗句燃烧

点评：汶川地震无疑是中国人的一场噩梦，当成千上万的人们瞬间被埋没，几乎全世界的华人都在为自己的同胞遭遇不幸而揪心。诗人当然不例外。这首诗所写，不过是在表明，即使远隔千里，虽不能为汶川救灾助一臂之力，但是，作为一个诗人，他没有无动于衷。他的心、他的思绪至少在那段日子是与汶川同悲、同戚的。如一位外国诗人所说，没有一首诗可以阻止一发炮弹。那么，肯定没有一首诗可以阻止一块因地震而落下的巨石，但是，有爱在，有牵挂在，有祈福在。所以，诗人才会写下：这样的夜晚／我只能坐在一种悲情里／我只能融入一种呼喊里／我只能把所有的爱化成泪水飞舞／我只能把所有的忧伤变成诗句燃烧。

张家界：腐烂

这腐烂的落叶有多厚，我无法测度
包括这粗大的树干，一切都会被时间侵蚀掉
谁说万物一朽。不朽的只是记忆或者想象

叶子是在一个高度上让太阳关注的
正因如此，谁也不能让这些落叶
停在枝头或者空中，除非上帝的手
即使没有风，该落下的还得落下

叶子和树干分手了，绝不是非分之想
我和我心爱的姑娘分手了，绝不是我们不相爱
阳光很难拥抱所有的树，这与阳光无关
你一声感叹，惊落一片叶子，这不怨你

世事难料。谁也抓不住上帝的手
落叶就是最好的证明。我踩上一片落叶
柔软的感觉很舒坦。生命到处都在创造奇迹
这腐烂本身就是生命的力量
时间是最好的腐蚀剂，包括我们的肉体、感情和记忆
都将烂掉。我抓不住你的目光，也抓不住你的心

这里看过的风景也会渐渐淡漠
明天，我们又会看到新的，隐入记忆

点评：时光的残酷在于，任何事物都无法逃出最终“消失”的宿命。作者正是从张家界景区腐烂的叶子上，看到了生的真相与消亡的事实。王凤国的诗歌以平缓的叙述兼及深刻的思考见长，他似乎在不经意间就写下了自己的所见所闻、所感所思。据我所知，他一直在坚持写作，除了诗歌，他还写下了大量关于教育的文章。同时，他一直游离于诗歌圈外，坚定地走自己的路，不跟风，不凑热闹，不花里胡哨，不装模作样。也正因此，他的诗歌没有拗口的词语变异，也看不出他为写诗歌而写诗歌的牵强。他总是安静地关注着他看到的，他总是试图将自己所领会到诗意的美、人与物交流所生发的情愫写进诗歌，通过诗歌传达给能够领会到其中内涵的人。

武夷山：林中

我真的不知
我为什么和这个姑娘一再走进
这片光线幽暗的地方

这片远离喧闹的地方
这片让恶毒的人想出歹意来的地方
我甚至惊诧于我的勇气
不怕这里阴森可怖

大胆地往前走
等一等，慢点走
姑娘在后面起劲地喊
我知道，我不是上帝
我对她没有安排
也没有爱意
但是我还是允许她靠近我
甚至将黑发披在我的肩上
甚至有几秒钟，我还拉着她的手
偶尔把目光瞅过去
我发现，她脸上洋溢着幸福感
而我，一丝罪恶的念头一闪而来，又一闪而过
哦，上帝
事后，我忏悔

点评：这是一首写男女交往的诗。它是含蓄的，甚至有那么一点点暧昧。一个男人连他自己都不知道为什么会带着一个姑娘到一处幽暗的地方、一个让恶毒的人想出歹意的地方。这种在潜意识里暗藏着对异性的爱慕，作者没有明说，而且，他居然明确地自我告白：我不是上帝，我对她没有安排，也没有爱意。这个恐怕是一种理性之念。关键是，最终，他还是有过动心的一刻。“一丝罪恶的念头／一闪而来，又一闪而过”。可以肯定，作者写了一个内心纯洁、坚定的男人，一个善良的男人。因为，对一个脸上洋溢着幸福感的姑娘，动一丝邪念都是不该的，所以，他才会忏悔。这样的诗，其价值正在此处，它所唤起的，是人内心深处的规矩、道德及善良。

爬山归来

那座山上，石头垒着石头
那座山上，高度望着高度

我是一名爬山者
比起那些石头来，我很渺小
比起那些山风来，我很懦弱
一座三千米的山，我爬了一整天

在山顶，我站成了一块石头
虽然我没有那大山的沧桑
虽然我没有那大山的冷峻
一些山风，还是吹得我高处不胜寒

我望着远处，山连着山
我看看自己，像上帝遗弃的一颗棋子
在天地之间，我真正的位置在哪里
在这个山巅之上，我有石头的品格吗

宁静、沉稳、坚毅、恒久……
我没有这一切
我呼出的气息随山风一起飘散
我血肉的躯体会和落木一样迅速地腐烂
爬上来，走下去，这里不会留下任何痕迹

时间创造了一切，又抹去了一切
在这个世上，我来过了，仅仅是来过了
和山上的云雾一样
和树头的叶子一样

点评：这是同样写“虚无”的诗运用了具体可感的意象。古人有云：石虽寿，风吹尽。世间万物在无限的时空中，都是有“寿命”的，没有绝对的永恒。作者在爬山归来的感悟在于，与大自然相比，人不仅渺小，而且脆弱。人的来与去，在自然之中，又能留下什么。诗中流露出了人对大自然的敬畏感。人有了敬畏，才不会妄自尊大，人有了敬畏，在不会在强大的自然面前胡作非为。看到此诗，也许有人读出的是消极虚无，这绝不是作者的意图。作者试图通过一次爬山运动，重新认识“人定胜天”的另一重含义。人可以改变自然，但是，人不能违背自然规律盲目改变。看清了世间真相，人就会变得理性，变得谦卑，变得知足。

山上的石头

这些堆砌的石头有多少，我无法猜想
此时，我就坐在一块石头上
微凉、坚实、光滑，被浓雾包围
只是挺出去的许多尖锐的角
可以想象接受了无数风雨的袭击

石头是大山的骨骼和肌肉
强健也好，不屈也好
一场风向它们袭来，一场雨向它们扑来
多么分明的棱角，也只能无奈地消平蚀去
即使没有风，没有雨，该光滑的还得光滑

千万年的存在，千万年的考验
拍打、洗刷、暴晒，还有负重
尘世里的一切，它都得承受
虽然它以冷漠示人，孤傲示人
可是它绝不是没有生命的温度
也绝不是没有燃烧的历程
开天辟地的事业，它曾经赢得壮烈

往事如烟。逝去的英雄有谁怀念
一堆石粉，就是命运的诅咒
我今天坐上去，光滑的感觉很舒坦
只是明天呢？生命随处可见消逝
即使是这样坚硬的东西，也将改变
包括天上的星星，包括尘世里的一切

下了山，我看到那些碎裂的石块
时光不会让它恢复原来的形象。破碎了
就算是上帝的手，我也绝难相信可以修补完整
就如我的爱情，重来一遍是多么虚假

点评：王凤国的写作从整体上看是思考性写作，他一直试图诘问世的真相，他一直试图通过对自己所见之物进行形而上及形而下的诚实思考。这样的诗歌不仅需要丰富的阅历，还需要深厚的哲学功底。一首诗只有接受了作者非凡的思考，它才可能避开肤浅、轻佻。一切都在变。一块石头的变化，是石头的命运，却受制于强大的自然力。一切过往都不可能再得以恢复，即使有恢复的努力，也是徒劳。就像柏拉图所说，人不能第二次踏进同一条河流。原因在于，在一种线性的流逝中，一切都在改变。人必须认清这样的本质，方可明理识真。同时，作者的写作因其成熟的思考及个人内心的敏锐，他总能在万千之象上，看到时光摧毁一切留下来的沧桑。

在武夷书院

在这个书馆里
我静静地坐了几分钟
我没有太多的时间
但我真想静静地聆听圣贤的声音

我们这个民族
听到了太多狞笑的声音
听到了太多杀戮的声音
听到了太多呻吟的声音
却没能挪出更多一点的时间
心气平和地和圣贤攀谈

其实，我们这个民族并非缺乏思想的声音
在历史的书册里
我几乎天天听到振聋发聩的呐喊
从远古传来，从某一个角落传来
思想的光芒，在生命的天空里四射

可是，我也知道，我们这个民族
更多的时候，都在装聋作哑
或者患有严重的色盲症
像这样清幽的学堂
应该坐上更多的小学生
就如同我坐在这里
支起心灵的耳朵认真聆听

门外是一片美丽的草地
最适合学子们围坐在圣贤的身边
争论，还是争论这该是多么需要的声音
我虔诚地坐在这里
绝不仅仅是一种姿态
同行的人不懂我的心思
但我真诚地希望
我们这个民族学会思考
学会辩论

点评：一个不读书的民族是可怕的，一个不聆听圣贤之语的民族是白的，一个不思考的民族是迟缓的，一个不争论的民族是平庸的。这就是我读该诗的感悟。作者来到武夷书院，在那座清幽的书院里，他首先想到的是要读书，要倾听圣贤之声。这样一座充满了人文气息的书院，应该有更多的人来汲取更为古老深厚的人文思想，而不是仅仅把它作为一处风景，转一转，看一看，拍一拍照就算来过。这首诗与作者长于写作政论文字的思辨精神一脉相承。显然，作者的骨子里沉淀着一个怀有使命感的知识分子的治学气质，否则，他不会写下这样的句子："同行的人不懂我的心思，但我真诚地希望，我们这个民族，学会思考，学会辩论。"

今夜无眠

又是一个阴雨的夜晚
黑暗挡回了我所有的目光
在巨大的虚空里，一片死寂
只有我的想象在厮杀——
我爱的人还在爱着我吗
爱我的人我还能爱吗
爱情，就像一面兵符
被分放在了两个不同的地方
各拿一半的人，都有痛苦

我的痛苦，我甘愿领受
我爱的人的忧伤，我也甘愿品尝
也许我只能在想象里衔环结草

也许我只能背负旷日持久的恨怨

爱，是风险最高的买卖
呕心沥血地付出，也不一定有回报
我知道，有一个姑娘
她永远也收不回投入的成本

上帝啊，我该不该向你忏悔
今晚，我的灵魂
你安放在了几个地方
在想象里，我拼杀得筋疲力尽

点评：这是一首基于爱的忏悔的一首诗。事实上，什么是爱情，自古至今，人们给出的答案太多，但是，没有一种标准可以做到精确的诠释，正所谓“问世间情为何物，直教人生死相许”。显然，作者在对处于婚姻状态中的爱情发问，在纠结。也许诗中的“我”已心生厌倦，甚至在思想上逾越了爱情的轨迹，所以，“我”才要问，该不该向上帝忏悔。其实，男女双方之间的吸引在恋爱时与在结婚后肯定会发生变化。关键在于如何经营婚姻，经营婚姻就是经营爱情，虽然此已非彼，但是，两个人都要在变化中寻求、平衡夫妻之间的感情。否则就可能会生怨恨，生疏离。

秋日看景

这个微凉的早晨，我又一次靠近了秋天
一些果实，向我证明了生命的价值
春华秋实。种下什么因，就会得什么果
我明白。看花开花落，云卷云舒
我又能在谁的眼睛里留下记忆

一颗种子，落入土中
明年的春天，也许有一株嫩苗破土而出
可是我不会，我生命的肩头太沉重
这个秋天，我真想靠着东山
真想静静地站成一块山石

是的，假如这也算是一种假想
那么我沉默着、等待着、销蚀着
风雨中，散发着我生命的气息
时光里，流失着我感情的细节
走过四季，走过千年
我依旧看花开花落，云卷云舒
去留无意，人生无痕，这是一种境界
啊，说出来，多么拙劣

点评：人生需要达观。这样方可活出自在。作者在平铺直叙的抒写中，对已有的箴言般的教诲给出了质疑。当真种什么因，就会得什么果吗？这里可能有一个出生论的问题。显然，作者没有就此深究下去，而是借景抒怀，道出了作者内心的苦楚与现实给予的另一番事实。一颗种子落地生根，可能会长出幼苗，可我不会。为什么不会，连作者自己也倍感迷茫。所以才有了，想轻松轻松不了，想达观又受限种种。只好自嘲道："去留无意，人生无痕，这是一种境界，啊，说出来，多么拙劣。"

在鄂尔多斯草原上

这样的一个下午，我的孩子
你走进一片草地
就像一只小鸟漫步、寻觅
就像一只蝴蝶追逐、戏嬉
就像一只蜜蜂跳舞、歌唱
就像一只欢乐的小鹿向自由的时空奔去
不，这一切描述都不准确
你只是在这片草地上，这就够了
这样的美好正是我心中的企盼

在城里，我一再地看到
禁锢视野的橱窗正向道路的深处延伸
玷污生命的色彩正向我们的心灵泼来
很少的时刻，我们看到灰暗的天空上
还有流云，还有几只翅膀飞翔
那一刻，我们才有了自由的想象

这是多么难得的美好
在这片草地上，我的孩子
你完全可以做一匹驰骋的野马
请给所有的羁绊放假
请把所有的狭隘推翻
请把欢乐、爱和憧憬留在这里

对不起，我的孩子
这样的草地，我给你太少
也给我太少。就是沙滩、湖泊、江河、大山……
我给你的都太少

对不起，我的孩子
在生命的时光里，想象不该枯萎
在生活的道路上，自由不该抛锚
那就在这片草地上，做一次心灵的飞翔
你的身后，不再有一双防备的眼睛
你的脚上，不再有一根保护的绳索

点评：这是一首写父爱的诗。作者为了表达现代都市给予孩子的缺失的自然之爱，有意以鄂尔多斯草原为背景，写出了一个孩子的天真、单纯及一位父亲的深爱与歉疚。人类的本质其实就是自然之子，只有在自然中，人们所获得的快乐与幸福才更接近人的内心世界，那是充满了大自然生机的无限宽阔的自由空间，没有污染，没有禁锢，没有世俗的条条框框，有的只是纯天然的快乐。这样的诗是阳光的，也是健康的，它必定引领着人们向往沙滩、湖泊、江河、大山……因为作者是一名教师，他更可能从众多的孩子身上看到了城市化赋予孩子的机械、世故、戒备，而看不到孩子们像一匹驰骋的野马那样无拘无束的快乐。这才是这首诗的暗示所在。

给我的孩子

孩子，你懂得天空吗
天上有一种叫作星星的东西
在我们的头顶纷飞
不过，天上也有阴谋
天上也有陷阱
星星前进的方向也有错误
看那燃烧的火光，就是毁灭

孩子，你懂得道路吗
道路上有一种叫作路标的东西
在我们的眼前竖立
不过，路上也有烟尘
路上也有陷坑
路标竖立的身影也会倒塌
我们前行的脚步也会乱了方向

孩子，你懂得心吗
心中有一种叫作良知的东西

在我们的生命里伴随
不过，心中也有阴翳
心中也有毒瘤
良知的呐喊有时也会嘶哑
我们也会被自己拷问，甚至审判

孩子，远行了
你要懂得很多很多
请你记住——
掉到陷阱里的
有星星，也有路上的人

点评：这首诗写的是教育孩子的事。教育孩子是人间的大事，是父母一生的责任和义务。但是，现实生活中，孩子们走错了人生的方向并不少见。诗人不是要做一个道德的说教者，而要通过形象的比喻，从规劝警戒的角度，来讲人生中也有烟尘，有陷阱，有阴翳，有毒瘤，也有失去了自省自律的情况，作为父母，应该从孩子们小的时候起，就把人生的经验不断地交付给他们，切莫长大了，出事了，才解决，那时恐怕悔之晚矣。诗作从自然、生活、心理三个层面步步深入地讲理，强调负面的东西对人的危害性，最后提醒孩子牢记：掉到陷阱里的，有星星，也有路上的人。诗作的语言简明干净，现实教育意义明显。诗人应该担负起教化人、净化人灵魂的使命，并以此赢得诗人以外的人尊重，而不是在自己的小圈子里无病呻吟。

深夜忏悔

如果要祈祷，要忏悔
要使肮脏的想法
在这寂静的黑夜过滤掉
那么让一切漂泊在外的感情都回来
跪于寺庙的大殿之上
以最虔诚的姿态
最好要泪流满面
最好让泪水打湿经卷

神的启示
在到达心灵深处的时候
窗外，最好树叶纷纷下落
最好它们做好了集体约定
以一种跳崖的方式结束一切
死亡。这当然是一种高尚的境界
在这条生命凋谢的道路上
假如你有众多追随者
那么，有些想法，你必须让它死掉
祈祷的声音，不论是否到达天国
假如我们做过了，和落叶一样
就不是一个心灵苦难者
鲜花、掌声、喝彩，这些期待的东西
都自高尚中诞生
都自堕落中消亡

点评：对于宗教来说，世上的人，也许有许许多多是不屑一顾的，但是，宗教的感召力向来是不容否定的。一个罪孽深重的人，当他疲倦了，顿悟了，跪在庄严神圣的寺庙殿堂之上，他要忏悔，那么他就应该像诗人所说的这样：最好要泪流满面，最好让泪水打湿经卷。一个对自己最好的教育方式，就是要不断地自省。孔子讲见贤思齐，讲择善而从，就是说一个人要内心省察自己的思想、言行有无过失。这种道德的自律说起来容易，但实践中却并不易，也就是“鲜花、掌声、喝彩，这些期待的东西，都自高尚中诞生，都自堕落中消亡”，让人敬重，首先应该追求高尚，让人鄙视，那往往是自甘堕落者，想成就自我的完善，有些东西必须让它死掉，别无他法。诗作以真诚恳切的语调讲述了做人的道理，所有灵魂放在神灵面前的人，都会得到洗涤。心灵的苦难，都是没有信仰者；而心灵的幸福者，都是心存敬畏者。

对自己低声絮语

对自己低声絮语
是多么不易
我们不厌其烦
我们说歪了历史
我们说坏了别人
我们说跑了光阴

我们的心里
我们的眼里

我们自己的位置太小，太挤
我们要留给家人，留给熟人，甚至陌生人
我们的灵魂常常游走在评论里
我们的名声往往败坏在书册里
我们为了一张钞票，舌头像十八般兵器
能要出各种花样

我们的舌头太忙了
也太坚韧了
比世上任何的机器经久耐用
有些人的舌头
还越磨越锋利，越磨越刁钻
舌尖如锥，舌面如锯，舌根如棒
扎向谁，谁就会伤痕累累
锯向谁，谁就会体无完肤
砸向谁，谁就会魂飞魄散
这个尘世里
我们总住进别人的心里
我们总习惯对别人大声说话
可是，我们的舌头几乎只对别人说话
低低地对自己絮语
是多么奢华的事情
正因如此
我们的内心，总是这样孤独
我们的灵魂，总是这样不安

点评：诗人关注的是尘世里的大多数人的一种毛病：只对别人，对外物如何如何，而很少关注个人的内心，许多的时候，都在说别人的不是，说世道的不好，说历史的是非，说走了样，说坏了事和人，这也许就是柏杨先生所说的人性的丑陋的一面。生活中，有些人的确巧舌如簧，能把一根稻草说成是救命的黄金，正因如此，生活中出现了许多不和谐。但是，诗作如果仅仅写到这为止，那的确不是好诗，诗作高明的一点在于从人类内心的孤独和灵魂的不安来讲，表明人们缺乏对内心的自我观照，导致了不可忽视的大问题，因为，人类存在于世，就是追求安宁幸福的，而这一点是来自于心灵的，这是人类生活的终极目的，认识不到这一点，就肤浅了。那么，对自己低低地絮语，就非常有必要，诗人的思考着眼于人类的命运，是有深度的。

王幽深的诗（2首）

作者简介：王幽深，男，回族，80年代生于灵武。毕业于西北政法学院。现为中国国际经济法学学会会员，北方民族大学法律系教授。

万　幸

医生告诉我
身上某处生了个疖子
我寻遍全身
除了光滑别无触及

也许是真的
可我宁愿任其发展
坚信会不动自损
因为我不过五十公斤

物质不灭
物理学家曾忠告人类
疖子也属于物质
它能永久隐存？

点评：诗人关注的现象或事物，初看似乎粗俗，实在缺乏诗意。但是，诗歌有禁忌吗？什么样的题材不可以写诗呢？佛家讲屎里觅道。诗作从哲学的层面思考问题，写疖子，任其发展，自生自灭，体现了诗人的乐观自信、豁达大度，充满了对生命的敬重之意。诗作通过这样碎小平常的现象，告诉了我们深刻的哲理，那就是任何时候，我们遇到挫折、不幸都应该坦然一些，淡定一些，相信未来是美好的的；由小到大，由浅入深，我们对自然、社会也应如是观。《易》云：悔吝者，忧虞之像也；变化者，进退之像也。而像者，皆在动态的变化之中，没有不变的事物。知《易》而明理，世人之福也。对于像这样以一名哲学家的身份来教化我们的诗人，我们应该感到幸运，而不是嘲讽。

疖　子

依然如故
令人不可思议
千年结晶
刀器何寻
呼天震地

仅会轻轻一颤
异常冷静
万事无关

从有一天
或许仍不情愿
散了骨架
魂入西天

点评：世上的人，让人可怜者不少，让人可憎者也不少。那些面对死亡的人，常常放不下，既可怜又可悲。诗人写人面对一个疖子，往往表现失态，呼天抢地，哀号哭叫，其实万物生死皆有缘，不必作茧自缚。庸人总是自扰。或许我们总是有许多不情愿，但自然的法则不以人的意志为转移。我们应该就如山上的石头，河底的水草，冷静，还是冷静，任何的喧闹都是不明智的。佛教讲：色即是空，空即是色。我们所看到的一切万物实体，都是空，万物不过是各种物质要素的因缘和合，一旦缘尽而散，即是空，所以存在的都是空。诗人俨然是一位得道的高人，在为世人指点迷津。诗作的语言简了又简，诗人惜墨如金，似乎缺了一点明确清晰，但我们可以说言简意丰。

子红的诗（4首）

作者简介：原名，万淑玲，女，汉，1977年12月29日出生，宁夏固原人，现居灵武，宁夏诗歌学会会员，望月文学报会员作家。从事幼教工作十六年，爱好诗歌，国画，有散文和诗歌发表《新舟文艺》《瓯江文艺》《四川文艺》《永宁潮》《西充文艺》《泸州晚报》《银川日报》《银川晚报》《新消息报》等。2014年2月荣获“望月文学”春节征文“诗歌银奖”“散文银奖”。2014年获第一届“中华杯”诗歌大奖赛三等奖，四首诗收录在《望月文学诗歌精选》一书，2015年与诗歌研习所的同学出诗歌合集《一三。一四》。

端　午

我是一个小女人
不懂历史，不谈政治
即使站在汨罗江边
也听不懂一江波涛
侃侃而谈的话语

我写诗，称不上诗人
别怪我不读《离骚》
我做不了你的知己
我吃粽子，不说清白和忠心
只品糯米的软，枣子的甜
如同我珍爱的生活
幸福，简单

你用热血把这个日子
修炼成长生不老
我把自己捆成粽子
在苍茫的尘世
抱紧内心的柔软和闪电

点评：借粽子的包裹性，作者写了一个小女人外表的平静、平凡及内心的柔软与闪电。这是一首女性意识较强的诗歌，看似不经意，却在娓娓道来的叙述中，看出了作者的自谦及作为小女人应有的尊严。对于大而高深的话题，作者是回避的，她只尊重自己可把握的生活，这样的生活概括而言就是：幸福、简单。子红出道较晚，但是，她却阅读了大量的当下诗歌佳作。所以，她的写作不拧巴，不故作深奥，而是从简为之。更为关键的是，子红知道如何从日常生活中，撷取富有诗意的细节，并由此展开、联想。她的诗歌坦诚、从容，一句“我做不了你的知己”将诗歌的进程推到了捕获人心的层面，继而完成了她依托粽子之象，在茫茫的人世中如何抱紧内心，提防不当的侵入。

越来越薄的年

没有伙伴打闹的年是薄的
没有一两声狗吠的年是薄的
没有一年才穿一件新衣服
得到两颗糖　五角压岁钱的年是薄的

没有杀猪场景的年是薄的
没有猪拼死的嚎叫
整个村庄都是空的
阳光懒懒地晒着
阴面的积雪顽固不化
年轻力壮的小伙子走到哪里
都持着暂住证

没有父母期盼的年更是薄的
比满院子的灰尘薄

比屋角的蜘蛛网薄
比一只蜘蛛的寂寞薄

点评：过年，对中国人而言，是喜庆，吉祥；是热闹，是丰富。但是，作者却写到了年的“薄”，以“没有”起句，句句铺开，陈述了过年该有的场景，让人感到“没有”的反面“有”才应是有年味的年。现在，随着物质生活的日益丰富，人们对过年的认识及态度也发生了变化，以致人们对过年失去了原有的期待，尤其在成年人的眼里，过年对孩子而言，才是有趣的。有新衣服穿，有压岁钱得，能听见狗叫猪嚎，一派节日气氛。问题是，作者从一个新的角度，写到了现在过年的无趣与薄。“整个村庄都是空的”，这是一句隐喻，也是一种揭示。一些年轻力壮的小伙子、大姑娘纷纷远离故土，走上了打工之路，村子里的人少了才会显得空荡，才会显得这年过得不厚重。作家郭文斌曾写道：“过年，就是回家。”对于在外的游子来说，要想过一个真正有根有底的年，恐怕最好去的地方就是炊烟袅袅的乡下了。

凋零的心事

上帝说：睁开眼睛，我带你走
阎王说：闭眼吧，我带你走
坠于尘世，你就得半眯着眼睛

就像湖水保持淡薄的心
接受风吹，也接受霜落

一朵流云经过头顶
允许他的阴影闯进来

我是一扇虚掩的门
你若推，它就开

点评：这首诗的捕人之句便是它的结尾：“我是一扇虚掩的门 / 你若推，它就开”。对于有着“凋零心事”者的另一半而言，这也是一种困惑之后的危险的信号。人生在世，常常会处于对与错、正与邪、道德与非道德的临界点上，稍有错位，生活就会发生倾斜。由此可以看出作者在写这首诗时立意之新，构思之奇。当上帝与阎王都在用同一句话告诉你“我带你走”时，这时的你一定是迷茫的，要做出选择的。然而，在诗的最后一段，作者给出了心事的确凋零了暗示，你若推，它就开。这里“我”是被动、有所顾虑的，但是，我已做出了接受你推门进来的准备。诗歌不在于写多长，关键在于写出契合内心的有张力的意象。这首诗在此成功了。

距　离

与一只蝴蝶要保持
恰当的距离
离得太远　它就是个黑点
离得太近　斑纹会裂成伤痕

点评：距离产生想象、模糊，才产生美。但，不适当的距离，无论远近，都可能有违心意。单独看，蝴蝶无疑是美好的象征，它被人们喻为花草的精灵。就是这样一只蝴蝶，就是这样一只原本知道非常漂亮的蝴蝶，既不能离得太近，也不能离得太远。这是一首审美的诗或者说它是一首表达作者美学观点的一首诗。它可用在揭示人与人之间交往的法度，也可用在人与物相关照的适度。不可过近，也不可过远。它同时也预示了一种处世的分寸感。

马万俊的诗（6首）

作者简介：马万俊，男，1973年生于灵武；1994年开始发表诗歌作品。1993年至1995年就读于固原师专并任《北斗》校刊主编兼北斗诗社社长；2008年，诗集《不是风，是我》由海风出版社出版。

伤　痕

东非大裂谷是地球的伤痕
你走后
你我的爱情就是我的伤痕

点评：据说宇航员在飞上太空的某一瞬间从高空看地球，只能看到东非大裂谷和中国的长城。东非大裂谷，这个地球上过于醒目的裂口，从高空看下去，一定触目惊心。究其原因，裂口太宽，伤痕太深。诗人在平铺叙述中，先写景后抒情，在不起眼的叙述中，突然笔锋一转，将爱情带来的伤害，一下印在了读者的心上，原来，伤得这样深，这样无法缝合，如东非的大裂谷。有位美国诗人曾说，一个诗人一生能贡献出一个奇异的意象，就足矣。马万俊正是机智地抓住了地球一端的这个天然的意象纳入诗中，成就了这首由爱情带来的伤势的诗，他已无须写出这段爱情带给他的撕心裂肺之痛，仅凭这个现成的意象，就完成了一首刻骨铭心的诗篇。

爱情离开的那一天

爱情离开的那一天
是星期三
当我放下电话的瞬间
苦心经营了八年的爱情
就像空气一样
从我的世界里静静地蒸发了
我知道我还不够坚强
不足以抵抗爱情所带来的创伤
只好吹着美丽的口哨
故作轻松地走过那段
漫长而又艰涩的走廊
对所有正面走来的人
致以最灿烂的微笑

室外已是阳光明媚

远山之外还是远山
我泪流满面的容颜
只有那棵枯枝上的麻雀看见
今天是星期三
没有人知道
我的世界自今日之后阴雨绵绵
也没有人知道
为了忘却今天
我将花费一生的时间

点评：爱情离开的那一天，是星期三。这个在别人眼里的再普通不过的星期三，对于诗人而言，却是一个纪念日，他几乎是作者记忆里的一个永恒的日子。爱是不能忘记的，诗人虽然百般掩饰爱情离去后的难过、委屈，但是，越想掩饰越是无法掩饰，却将爱的难分难舍，爱的肝肠寸断，更加放大，以带有忧伤氛围的具象的逐次呈现。结尾几句“为了忘却今天／我将花费一生的时间”，多么朴素的语言，可谁又能知道诗人那爱又不能，远离也心碎的感情，此时除了忘却，不能有别的。这里不光表达的是，一个人之所以有痛苦，就是记忆力太好，更为重要的是，这份爱情值得他记忆，哪怕用掉一生的时间。

永远的普希金

听说你走了
是伤着心走的

听说你走了
是为了爱情
你走了
其实自你走后
诗人就再也没有来过波尔金诺
波尔金诺的秋天到处是飘飞的树叶
你是为那坚贞的爱情走的
爱情是神圣的
错错就错在你爱的人
她其实不懂爱情
走就走吧
俄罗斯的土地会永远记得你
静静的顿河流淌的全部是你的鲜血
西伯利亚的风会为你的离去
常鸣不息

点评：诗人的爱情往往源自诗人素有的敏感与单纯，一旦爱了就一无所顾，倾家荡产都在所不惜。根据可靠的记载，普希金在他的那个年代，几乎可以被看成是一个专一的情种。为了爱情，他可以跟对手决斗，为了爱情他可以连命都愿意搭上。作者写作这首诗时，我想，他肯定感动于普希金对待爱情的单纯的执着。给风的预言只给风，因为，只有风会倾听。爱错人、不懂得爱，必会尝到爱情的苦滋味。当然，爱情没有最终毁掉普希金，反而，在我看来，它成就了普希金作为一个著名诗人写下了大量的爱情诗篇。他伤着心走了，但是，他没有绝望，即使他从此再也没有回到波尔金诺，但是，在另一个地方，诗人新生了。新的爱情，又将这个专注的情种拯救了。

雨　天

风从另一个方向来
满街都是游动的雨伞
只有我郁郁寡欢
只有我没有打伞
哪一个伞下是你美丽的容颜
哪一个车窗里流动着你快乐的笑声

那些在雨中飘零的落叶
那些丢失在风里的叹息
总让我辨不清雨来的方向
是谁的眼泪打湿了一街的繁华
是谁绝望的爱情
忧郁了这个城市的上空
遥问已不再年轻的你
是否一如当年风华正茂
遥问已不再年轻的你
是否像我
也在另一个城市的雨中
迷茫又彷徨

点评：如果诗人杨森君的转述是可靠的，那么，请允许我写出这个真相。诗人马万俊曾为自己的一段爱情或者说曾为一个女人写下并出版过一本诗集《不是风，是我》。这是诗人的浪漫，也是诗人的痴情。《雨天》这首诗便是其中之一。也许是因为触景生情，看到满大街移动的雨伞，看到雨伞下面相互依偎行走的男女，这不免勾起了诗人的诸多回忆。一别两宽，诗人还在记挂着曾经的恋人，所以，他才会写下：“遥问已不再年轻的你／是否一如当年风华正茂”，这是问对方，其实是在问自己，在哀叹自己，在熟悉的城市，在熟悉的街道，在情景相似的雨中。

青海湖

传说你是神女滴落人间的眼泪
也难怪尝你
有淡淡的咸味
望你有挥之不去的忧愁
行船，心在海鸟飞远的天边
水天相连，青海的天空比青海湖的水还要湛蓝
我已顾不上感动
湖岸上是一望无际的油菜花
是谁打马从草原而来
是谁在清嗅格桑花开的季节
那是被鸟儿遗忘的天空
那些被忘记开花的雪山
都在风里流泪
这让我忘了归宿的湖泊
这让我忘了往事的湖泊
你怎么会如此

轻盈而又别致
如此淡雅而又庄重
谁会在看过你绝世容颜之后
还会想到
你曾经是孕育了几多哀愁
几多欢笑的
一滴眼泪

点评：也只有诗人才可将一面大海（青海湖其实更像一面悬于高原之上的大海）想象并描述为一滴眼泪。一首描写景物的诗歌如果没有融入作者个人的审美与思绪，它就失去了温度。面对一望无际的青海湖，作者思绪飞扬，从神女到海鸟，从打马过草原的骑手到遍地金黄色的油菜花，作者的诗情一拥而上，锁定在这个“让我忘了归宿的湖泊”，这个湖泊之所以让诗人产生了诸多美好的想象及感慨，其魅力在于它有着一副“绝世容颜”。诗人被眼前的景象震慑了，他已顾不上感动，他借着美景在追问，在遐想，完成了一个诗人对自然之景的忧伤的迷恋。

九寨沟

穿过若尔盖时
我就有一种预感
轻风送晚
早已陶醉的是今晚的草原

回首

若尔盖
已在斜阳之外
金黄
露珠晶莹了一望无际的油菜花
我正在打马而来
那些飞倦了的鸟
还在牧民破旧的毡房外观望今夜无风
星光镶满了远山
今夜咱就在若尔盖梦他一场

天是帐篷
地是床榻
管他来人是帝王还是老乡

点评：这是马万俊众多诗歌中最优秀的一首。在同类题材中，他的贡献在于，他写出了一个没有等级、平等亲待的若尔盖。天是帐篷，地是床榻，管他来人是帝王还是老乡。读来回肠荡气，不拘不束。人们向往草原就是向往草原的辽阔，草原的自由，只有在那样的地方——有青草、有黄花、有快马、有骑手的地方，人才能真正体验到都市里无法体验到的与大自然合二为一的原始的自在，原始的快乐。

马中宇的诗（8首）

作者简介：马中宇，男，甘肃静宁人，1970年10月12日生于甘肃省静宁甘沟乡，自中学时开始热爱现代诗并开始学习写作。2005年以来灵武打工至今。

向日葵

叶子已干枯
头颅被剃掉
你还在沉思什么
一动不动站在暮秋里
难道你也有过后悔

点评：无疑，这是一首属于赞美颂扬类型的诗歌，不同的是，这种携带深省和提示的讴歌并非浅显的高蹈式的俗常歌唱，而是在获取之外的另一挖掘，提取与补充，是“舍得”中对“舍”去部分的重新审视和拾取，在陈述与疑问中示人以真相，给人以真谛。堪称另类。干枯的叶子，剃掉的头颅，暮秋里一动不动的站立，如此萧瑟寡淡的文笔渲染，一定是在对世人价值取向的考问与警示。“难道你也有过后悔”，如此一问使人动容，同时，向“向日葵”发问，而非面向我们，又正是诗人马中宇的高明之处。此诗称得上是一首具备了生命要义的哲思之作，而非简单的潦草之诗。

瘦

一团火可以瘦成灰烬
一双眸子可以瘦成飞鸟
一条河流可以瘦成饥肠
一对奶子可以瘦成山谷
一段记忆可以瘦成残雪
一双手可以瘦成季风

我无时无刻都感觉到
她依然还在抚摸着
我消瘦的脸庞

点评：断水水流，草长花落，时间永远往复着摧枯而又新生的本事，变换着尘世间的一切，延伸与轮回，丧失与记忆，一再地凿刻着我们，又堆积起灰尘，使我们迷茫无措又将我们抚摸不已。这是一首点穴式直逼主旨的作品，毫无婉转曲折的语言依托，同时亦无结构上的刻意布置和运作，似乎只是信手拈来，一种随意为之的自在表达。里尔克写过这样的话：艺术将他为他的表现而选择的事物从许多偶然的习俗的关系中加以突出，使其孤立，并将这些孤立者置于一种简单的纯粹的联系中。如此看来，这首结构缺失，顺从着时下似乎只为表达而来的诗歌却依旧闪烁其夺目的才情。一个“瘦”字了得。

盐　池

八月，我眠于盐池的长城根下

盐池太冷了
那堆积遍野的白酒瓶
没有一个肯把我容下

点评：作为艺术，诗歌需要情感上的某种隐藏，必要的内敛甚至是克制，从而使诗歌避免汤汤水水成为情绪倾泻的载具，过度的情绪宣泄似乎并不见得会让一首诗歌变得高明以至于让作者获得解脱，反之，恰恰是过度的语言展示会使一首诗歌显得油腻和低俗。对诗歌语言的有效把控其实就是更好地将情感展示和深造，这也是见证一名写作者对情感、语言和诗歌文本理解与掌控能力的标尺之一。《盐池》一诗，作者近乎完美地把持住了自己几近失控的情绪，八月的“盐池太冷了”，在沉稳平静的叙述中作者将自己的心思感受表现得如此入理充足，入木三分，真的并非易事。将其作为一首牛逼的诗歌去欣赏，一点儿也不夸大。

夕 光

黄昏
我站在杏树的叶子
转入暗红的时分
我看见夕阳的余晖
蛇一样爬上对面的
绝壁

点评：当诗人的写作功力达到一定的火候，已经无须为寻找新的入诗的事物而过度劳累了，即便是将看上去似乎矛盾的事物的现象结合统筹，也具备艺术的合理性，完全不用为此矛盾而忐忑不安，但前提是要赋予它新的艺术上的统一。《夕光》是一首写景的作品，运用着诗歌造型手法使表达物更显具体和真实，并与诗歌的主体达成一致，作者将绝壁上的夕阳的余晖比喻成爬行的蛇，看似形态各异又毫无关系的象与物，却给了人以新鲜、合理，甚至不同寻常的视觉感受。这也是作者妙手偶得的结果，真的不需要必然多余的修饰与装点就轻而易举地传达了诗的意思。

人 间

无数的窗子和门

我担心——我还做不到

激情澎湃　心如止水
还来不及成为一个诗人
就与他们擦肩而过

点评：诗人是多愁的，多情的，诗人是善意的，诗人天生就对人世怀有悲悯的热爱，甚至在“成为诗人”之前，而这种热爱又往往因热爱至深而显得极其短暂。读此诗，如同深入了尘世，有无数的窗子和门，有无数的温暖的家，有无数的可以热爱的人，似乎就有这么一个人，一位诗人，经过它们，与他们擦肩而过，如此匆匆地相遇又如此匆匆地告别，事实上真的做不到激情澎湃或者心如止水，因为爱。尽管如此，我无须撒谎是因为，如果此诗在结构布局上略有变更，其艺术魅力可能是惊人的，但可以肯定的是，“讲述美而不真实的故事，乃是艺术的真正目的。”——这就是一个故事，而非担心。

我坚强不了我的内心

突然从梦中惊醒
——我梦见了自己的母亲
我改变了一下睡姿
但，还是流泪了

点评：世间最牢靠的感情大概莫过于母子之情了。这是一首场景述写的短制，也许我们都曾经有过，梦见母亲而惊醒，忍不住流下了思母的眼泪。当然，仅仅如此只能说这首诗歌传达了子对母的思念，而作为艺术作品的诗歌，就显得不是那么美气了。再看此诗，“我改变了一下睡姿／但，还是流泪了”，此处的写实，使作品有了一种落地为安的艺术处理效果。如此真实并大都经历过的场景描写，使一首诗歌确切地传达出了思念母亲的伤痛之情。而这首诗歌的题目，一点儿也看不出是一种抵挡，恰恰成为了一种强调，一种情愿的顺从。

深埋在眼眶里的冰

你已经躺了五天
也许能熬过七天

你死了
我把你埋在我的眼眶里
在这人世间，再也没有比这更安静的地方
让你安眠

点评：关于死亡的话题总是让人感到悲伤和沉重，此诗就是一首触及死亡的作品，当一个人看着一个将要逝去的人时，细数着他（她）躺下的日子，祈求着这最后的日子能够延续，生死之别就是永远的不再相见呀。而当“你”死了，埋进“我的眼眶里”，而眼睛，便是这个人世间最安静的地方，唯一的可以安托他（她）灵与肉的地方了。诗歌的高明之处还在于，这眼睛，看与不看，开与闭，他（她）都永远的在那里了。马中宇的这首诗歌，无复杂动荡之气，无悲郁哀沉之色，貌似平淡中藏着至真至深的感情，而诗歌语言上的运作也确实有着让人侧目的高妙之处。

我愿意把你想成一只小鸟

你的美丽　无话可说
尽管我只能听到窸窸窣窣的声响

比如我开始学会原谅冬天的后半夜
梦乡里听见你封好火炉
然后盖上炉盖的声音

在这层简易的小二层楼里
声音讲述着一个没有的传说

点评：诗歌无非两类，叙述和抒情，其实二者之间并没有明晰的区分，作为读者，只是大家喜欢这样草草区别罢了，但是，叙述者必抒情，除非我们写的不是诗歌，而是药品说明，同样，我们将抒情用哼唧的哭泣所代替，可是这就不是诗了。而如果诗歌的前行是一种完善与延伸，诗歌是否可以具备一些小说的要素和技法，同时又不失诗歌的精义呢？答案或许是肯定的。马中宇的这首诗作就给我们提供了这样的线索，在此诗歌中，我们能够找到两个人物，转变的场景，语言之外的情节和故事，诗歌的技法给了叙述的空间，的确很有意思，它就是一个故事片段的呈示，而这是小说所能完成的，如此看来，诗歌也能。

孙志强的诗（8首）

作者简介：孙志强，男，灵武人，1989年毕业于灵武一中，原灵武一中蓝星星诗社社员；高中时期开始发表作品，屡有作品获奖并收入文学作品选本；现在灵武某部门供职。

前　世

可能是一柄剑
今生被好人佩了把鞘
就有了些许的　息

可能是一匹马
今生被好人放在了南山上
就有了一点点　倦

我一直在平静中感念好人

偶尔想想前世
就会自己对自己说：
我是自己把自己长丑的
我是自己把自己长老的

点评：中国人是很讲究轮回说的，认为一个人不仅有今生还有前世、后世。微信上曾出现过这样的娱乐方式，通过属相或姓名，测你的前世是什么，有测你前世是什么动物的，有测你前世是什么植物的等。孙志强的这首《前世》的构思正是受了轮回之说的影响，他理所当然地将自己的前世做了这样的想象："可能是一柄剑""可能是一匹马"。这两个意象都跟古代的战事或者武士有关，这只是作者营造诗意的需要，作者有意把自己的前世放到遥不可及时空里。这首诗的关键在于，它强调了"我的前世遇到了好人"，所以，今生我才要感念。一柄剑佩了把好的鞘，一匹马被放在了南山上，应该是齐美了。但是，还是有那么一点点遗憾，不过，不怨天，不怨地，我是自己把自己长丑的，我也自己把自己长老的。

今　生

那时候天空一定飞过什么鸟
只是鸟飞的时候你没看
那时候地上一定开过什么花
只是花开的时候你不在

那时候我和你一样
因为忘了凝视或错过花期
就用一辈子来打听
公开多年的秘密

点评：孙志强前期的诗歌干净、洗练，韵律把握得非常好，而且，他善于在平静、平和的叙述中融入哲思。因为没有凝视，错过了天空中飞过的鸟；因为没有凝视，错过了花期。人生往往就是这样，许许多多事总在不经意间被我们忽略了，等我们想到、想用到时，机会已经远我们而去。诗歌的暗示功能就在于通过巧妙的构思以及与其相般配的意象呈现出来。这样既可艺术地完成作者表达诗意的意图，又可避免过于直白。直白是诗的死手。

悟

石头自从下山后
就再也没有回来过
作为诗人
不必悲伤
你我离开了这个世界
石头还在

点评：虽然古人有话说“石虽寿，风吹尽”，但是相比人世，石头并不那么容易消失。正所谓，物是人非。这个世界的真相就是如此。这首诗要表达的，应该是作者对必然性的一种态度，是知道。明知花落，就不必为花的落叹息；明知石头会长留在世，就不必为石头“再也没有回来过”悲伤。其与杞人忧天的故事寓意相近。当人真正面对真相，知道结果，就应去接受。往往是，我们总在多余的担心中度过，在无谓的懊恼中自寻烦恼。该诗虽短，但是有容量，它给我们的启示的另一面在于，与物相比，人是多么的脆弱，活在世上，又是多么的短暂，所以，要珍惜，生命因其不能永恒长久更显珍贵。

井

井一辈子受人尊敬
井一辈子使人低下了头
铁皮桶伸下去
拽上来
枣木桶伸下去
拽上来
是一样清澈的水
一样的水吃出百样的人
井就是村庄的一面镜子
多少年了，多少人打水
不忘照一照
——自己的影子

点评：这首诗是孙志强早期的诗歌，发表在当时的《星星》诗刊上，后来还获了奖。《星星》诗刊是国内知名的诗歌刊物，选它的理由我想应该是这样的，首先，井在中国人的心目中，它就是生命之源，这也是“井一辈子受人尊敬”之故。选地落户，最先考虑的是“井”，没有水，生命就无法维持，所以当一个人离开故乡会被说成是“背井离乡”；其次，这首诗道出了一个生存与环境对于人体各异性格的影响，人，不光是环境的产物，还有其个性基因在里边，所以，才会“一样的水吃出百样的人”；再次，作者在这首短短的诗歌里，还暗含了人们对自我的关注、对自我形象的重视，也抑或是对爱美之心人皆有之的另类描述。

边 沟

现在它叫边沟　靠边的边　山沟的沟
在宁夏灵武市 1∶30 000 的区划地图上
边沟流域像一根干枯的头发女人的头发
黑黑的微微蜷曲的头发粘在地图上

地图上我轻轻抚摸着这根干枯的头发
指尖竟有些发烫越来越烫
它好像还存有弹性
——考古表明实际长度 21 公里的边沟
三万年前有人在这里洗澡摸鱼
有人在这里生火做饭

点评：以一根干枯的头发为意象比喻一条三万年前绵延于灵州大地

上的水洞沟，可谓匠心独用。作者以虚实结合的方式，再现了三万年前水洞沟的生命迹象，有人就是在这条像根枯发的地带上繁衍、生息。这根头发是母亲的，含有孕育的生发性。从另一个角度说明，水是生命之源，有水的地方才有生命。对于历史，诗人的关注是认真的、细心的，所以，他才会将当今地图上的水洞沟以什么样的比例印制在地图上都写得清清楚楚。对这样一个有着漫长历史承载的遗址的追索，诗人也是充满了敬重、敬畏与谨慎的，所以，他才会“轻轻抚摸着这根干枯的头发”而不能因为用力过猛伤到它。

甲　虫

灵武境内毛乌素沙漠猪头岭上
沙浪起伏
如果换了颜色　就是汪洋

一串踪迹成一条直线
从浪底到浪头笔直地穿过

六月二日中午一点　我循着这串踪迹走了过去
近百米的距离
终点是一蓬沙蒿

踪迹是一只黑色的甲虫留下的
它现在一动不动　正在装死

点评：常在沙漠里行走的人，对沙漠中的甲虫就非常熟悉了，甚至还熟悉甲虫的习性。孙志强写到的这个装死的甲虫，太有趣了。有时若是注意观察，就会发现，在沙漠上跑得欢欢的一只甲虫，当听到或看到有人走近时，它会立即停下来，当然也有胆子大的继续快速地欢跑。其实，人未必会攻击到它，但是，作为一种自保的本能，任何生物都是一样的，不过，自保的方式有别，比如孙志强笔下的这只甲虫，它采用了一种装死的方式，一动不动。这么一想，这只甲虫就可爱多了，人又怎么能忍心去识破，进而踢它一脚呢？

关于蚂蚁

我想离开　到蚂蚁的故乡去
看看那里是否遗落
它们的四书五经　如果没有
它们的孙子兵法也行
它们的唐诗宋词也行
它们的武穆遗书　九阴真经也行
我知道我可能看不懂
但我相信一定有
就像一个人　应该去山东的曲阜
走走看看　你肯定见不到孔子
但拜一拜　也行

离开的想法一直困扰着我

以至于来回踱步
以至于低下头来盯住这个蚂蚁洞口
以至于羞愧一个小时时间

这个洞口进进出出 189 只次蚂蚁
都是疾疾的走停足之时
要么是互相轻轻碰一下触角
要么在洞口处静静的等先出后进
它们好像各忙各的又忙而不乱
它们不说话又那么无助
它们没有小人君子之分也看不出性别
你看离洞口的一米处三只蚂蚁
拖着重它们几十倍的一只死蜜蜂
雄赳赳气昂昂的向前
向前再向前

点评：观物世想人世。这首有着黑色幽默的短诗，正是借用蚂蚁之能想人世，相信作者在写这首诗时是面带微笑的，幽默的，调皮的，把与蚂蚁八竿子都打不着的四书五经、孙子兵法、唐诗宋词、武穆遗书、九阴真经都统统搬了上来，最后还把孔子也给请了出来，意在对蚂蚁进行深入细致的调侃。其实，调侃蚂蚁也是在调侃人生。你看，蚂蚁各忙各的，又忙而不乱，也没有小人君子之分，也看不出性别，彼此还彬彬有礼，且很团结，团结的时候也是雄赳赳、气昂昂的。把蚂蚁写得出神入化。可见作者观察之细，描述之到位。

往　事

兄弟　这些年我和你不一样了
不仅仅是你离家远些　我近些
不仅仅是你挣钱多些　我少些
在西北偏东的小城里　我总是不紧不慢
回到家里　妻女两个一左一右
围着我居中而坐　聊一些无关紧要的事情
也聊过你所在的城市　霾聚了又散
也聊过你　又多少年没回来了

兄弟　这些年我和你不一样了
生活在西北偏东的小城里　我过的日子
是小日子　小日子有小日子的好处
我的肩膀　除了妻女用于捶敲拉拽外
好像没有什么负担
它抵挡过的一些碎风细雨　都已不值一提
我的力气　除了春天喜欢多栽几棵树外
好像再也没有什么用处

兄弟　其实这些年我还是和你一样
我常常想起你　分别时我们曾相拥一抱
你还重重地拍了一下我的肩膀　想起
还有些许温暖的痛　而你对我的祝福
在这西北偏东的小城里　我并没有辜负

点评：这首诗写得很温馨，同时也道出了当今社会攀比之不该。人各有志，人各有位，人各有祸福，不必比来比去，谁高谁低，谁富谁贵，谁贫谁贱。作者正是通过与一位兄弟之交之谋面传达了这样意思。我虽身居西北偏远小镇，远离经济、文化强势的大都市，但是，我很好，小日子很好，栽几棵树很好，妻女围着我一左一右很好。朋友，放心吧，我虽是过小日子的人，但是，我没有辜负谁，更没有辜负你别前的祝福呀。

米雍衷的诗（5首）

作者简介：米雍衷，男，灵武市人，60年代出生。自20世纪80年代中期至今已在国内多家报纸杂志发表诗歌200余首。宁夏作家协会会员。现在银南电力公司就职。

关于我的话题

一定有关于我的话题。我这样想
曾经的襁褓。那个鲜活的生命
蜷在母亲干瘪的乳房。嗷嗷待哺
那个连毛孔都火红的年代。更模糊的红色的誓言
一枚石子、一粒细沙、一片树叶……
甚至连夜里做的梦都奔突着血的锋芒

后来我爱上了一个女人。她坐在沙漠的中央

那时的我跌倒在一页稿纸上。集聚多年的积雪
火焰般涌动。梦想悬树杈上的月光
被水的倩影包围。隐现若明若暗的花纹

我不知道该怎样判定那个夜晚所发生的一切
像一只空酒瓶摔碎了。还是酒瓶

现在我走在自己的空气里。固执地走着
对于琪儿的思念疲倦得沙沙作响
根本感觉不到了。我是否有过疼痛和离散
譬如一阵偶然的清风。如同琪儿的一声问候
在寂静中完成。指缝间疯长的皱纹
该怎样去拒绝阳光的抚弄呢?

点评：20世纪80年代中期，米雍衷就开始了诗歌写作，到了90年代初，米雍衷创作达到了他个人的高峰，可惜后来没能好好坚持。米雍衷的诗歌更倾向于意象密集的铺排，他擅长以丰饶的意象介入，来表达他的内心世界。他常能以诡异的意象完成自己纠结的情感流向。这首诗的容量正是通过他惯常的叙述方式，通过火焰、花纹、积雪、树杈等一系列经过执意选择的词汇来构建。他把他的童年、他爱过的女人、他的孩子、他的疼痛……有秩序地镶嵌在诗行里，从而印证他内心的沙盘都承载了一些什么。他更多的是通过意象在表达，就像他写自己爱过的不可靠的女人时，他用到这样的表达方式：她坐在沙漠的中央。诗人的高明之处就在于善于委婉地表达。

天使的困惑

是谁点燃了天使的羽毛?
光芒在一只不锈钢筒里辉煌
心的果实比豌豆还小
爱情用新的伤疤呼吸

所有的人都似曾相识
她们开始穿你的衣裳。她们是谁?
她们开始说你的话。她们是谁？
她们开始做你的梦。她们是谁?
她们的色彩熔化在你的色彩里。她们是谁?

记不起所有与你有关的事情
赶着眼睛的羊群陷入了另一条河流

点评：当第一次爱情不在之后，还会有第二次爱情，但是，作者发现，第二次的爱情已没有了新鲜，有的只是新的伤疤。所以，他才会感叹“所有的人都似曾相识”，她们穿的衣裳，她们说的话，她们做的梦，都没有逃脱前任的阴影。爱，需要新鲜，需要独一无二，需要不重复，重复了就是伤害，就是持续的乏味。作者多次运用了“她们是谁”来发问，实际上是对自己疑惑的低声控诉！也许有这样的可能，作者在不断的发问中，无非要表明的是——我怎么感觉她们都和你一样，以至于“记不起所有与你有关的事情”。他本来想寻找新爱，结果，寻来寻去，更迷茫了。

海之沉默

礁是海浪的心。不信你看
那座孤岛。没有鱼儿光顾
鸥鸟的翅尖摩擦潮湿的海面
被撕裂的船的影子
漂浮在一片黑暗的大海上

而我。正挥舞长满鳞甲的双臂
打捞鱼的尸骨
飞翔的快乐

鹰。赤裸地在峰顶流浪
在遥远的蓝眼睛里

花朵与月光同眠
在松弛的水面上

露水在草丛绿绿地蒸发了
穿透了阳光的躯体

所有的色彩都摇着尾巴
体会飞翔的快乐
想到一座空城
楼与楼之间的摩擦延伸为一场战争

城市的腹部。时间如蜗牛
焦急地等待红、黄、绿蹦跳的45秒

镜子里。盲人幻想花格衬衣晒在河边的石头上
有一条小船。随意摆渡疾驰的光阴

习惯了自下而上的观察。无数的黑衣人
高举圣灯。焚烧着历史的骨骼和皮肤
千年的焚烧。使洁净的思想沉默

鸽群飞离了阳光。漫长的移动
在空气中。发出一声尖叫

孤独是一种奢望。在一座空城
某种被污染的植物探出头来
灰尘覆盖着灰尘。空巷寻找着空巷
还有美丽。躲在阴暗里簌簌发颤

只有老屋的门始终敞开着。那条直而窄的路
匍匐或者翻转着。伸向远方

点评：在我的印象中，米雍衷其实是最具诗人气质的人。读他的诗你就会感觉到，他的写作完全是在诗人的状态中的语言。可以肯定，他持有了作为一个意象诗人的思维跳跃。他的机智是建立在辽阔的时空里的，他可以根据写作的需要，将想象中呈现出的各种意象符号顺手拈来。《海之沉默》的核心在写海，但是，他却联想到了镜子、一座空城、一

个盲人在石头上的幻想。这样的诗歌因其运用了密集的意象，所以，其所表达的内涵，一经作者写出之后，连作者都无法控制，它在不同的读者那里，会有不同的解读。因为，作者丰富的想象赋予了这首诗多元的线索。

开始用另一种心情假设

开始用另一种心情假设。落叶扫街。层层叠叠
不一定是黄色的呀！秋天已没有了诱惑
无数双手。膨胀在风的呼号或呜咽
蝴蝶之梦。纷纷扬扬。比飞离的尘埃还轻
优美的音乐伴随打铁的声音。以及许多模糊的脸
一棵树或者一粒种子。只有路灯在自由地呼吸

饥饿加速了爱情的发酵。在落花的庭院
一直以来。我们试图打开所有的窗户
让阳光大片大片地飘进来。四肢。还有森林的呼吸
没有给任何事情留下印记。爱的。恨的。无所谓的
飘扬的旗帜。喋喋不休的语言空洞的魅力
正如我空旷的心情。假设着另一种心情

点评：这同样是一首以意象繁复见长的诗歌。作者试图通过丰富的意象群构建一首可以多解的诗歌，虽然在作者写作的时候，他必定受制于某种情绪，某个意念，但是，他可以控制语言，却控制不了诗歌本身

的张力。对于惯写平白的诗歌的作者来说，可以从米雍衷的诗歌中汲取到有益的养分。各个意象之间看似并不连贯，却有着内在的引线，这个线就是诗人在特定状态下的心绪。熟悉米雍衷的人都知道，尤其在酒喝高之后，他会有意无意地坠入到诗歌的状态，因为这个时候你若按聊天的通俗语言方式去听他说的话，你几乎什么也听不懂，他在一旁专注地自言自语，你只能迷茫地张大嘴巴。但是，如果你认为当时的米雍衷所说的话是处在写诗的状态，那么，就不会费解了。

油画的感慨

好大一块伤痕。在天的帷幔流血
隔着层层薄雾

山下。赤裸着躯干的男女们
在沙漠里游泳

不想打湿任何人。其实河水
一条呛昏的鱼。已经感动了所有的平静

点评：诗歌的语言应该高于口语及日常语言，只有这样才能将诗人复杂、微妙的感受表达到位。当作者观看一幅油画时，他切除了其他铺设的枝蔓，直截了当，将这幅有油画的气息呈于眼前：“好大一块伤痕”，也许画家画的并非是一块伤口，但是，在诗人的眼里，那种被层层薄雾隔着的血一样的颜料所绘制出的画面，触动了诗人的神经。接下来，诗人以反常的想象，将一群赤裸着躯干的男女置入沙漠，并理所当然地指出，他们是“在沙漠里游泳”。这首诗歌是简短的，正是这种简短，将一首诗的张力营造了出来。你读出什么味道，它就有什么味道，不拘泥于任何一种单一的理解。

刘京的诗（9首）

作者简介：刘京，男，1989年生，宁夏灵武人。毕业于陕西邮电职业技术学院。2007年开始在《宁夏日报》《银川晚报》《文艺天地》等报纸杂志发表诗歌、散文作品。现供职于灵武市质量技术监督局。

孤寂的图书室

单位有间空置的图书室
每回从狭小的门缝里都能窥见书架最边上的
那本《安娜·卡列尼娜》
那阴暗散发着湿气的图书室总在楼道深处无声地响着
我想打开那扇门，我不知道什么东西在等着我
黄昏很远而图书室很近
我要进去
我要像堂吉诃德一样

偷走每一本书上的火焰
打败所有的风车
你真闲——有人从身后戏谑道
诗人——书架上的书回答我

点评：刘京是年轻有为的，他的诗很成熟，有了自己的风格。这着诗是写一个青年对知识，对真理的渴望和追求，但是，诗写得巧，“那阴暗散发着湿气的图书室总在楼道深处无声地响着”，用“响着”，这样就写活了，有了情趣，让人联想很多。图书室会响着，可以看出知识的力量和图书人格化了的呐喊。而我要“偷走每一本书上的火焰”，“火焰”的比喻多么有深度，多么有思想啊。书中有光亮，有光明，有指引人向前的神奇的东西，一个有思想的人会这样说的。而那些说别人闲得没事干的人，其实是多么地无聊。最后一句说“诗人”，意思是只有书懂我，而身边的人却不懂，这样的对照，意味深长。诗人是要有堂吉诃德一样的勇气，甚至疯狂，诗人这样说，也不失准确的调侃。

青春和窗子

灰白的光线从窗外照进来
我无法预知即将要发生什么
这些年我把青春用在了
窥探世界的巢穴里
在我二十五岁以后
我重又望着我的这只脚

它当初可不是这个样子

趴在窗前
有时我会被误以为一个不谙世事的病人
总之，阳光在哪里我就在哪里
这样我的病就好了一半
我之所以不去触弄那些宠坏的花朵
那是因为我的梦还没有醒来

我和窗子在一起
那些接近遗忘的蝴蝶
正背过身去

点评：诗作写到一个年轻人的追求，这种追求是个人的体验，别人往往很难理解，因为人心是最不可靠的。从诗里，我们可以看到，年轻人对这个世界有着异样的感觉，可能有不解，所以要“窥探世界的巢穴”，而且是用青春，这就不同一般。世界有巢穴？是什么样的巢穴能养育这个世界？这个比喻是有思考的。趴在窗前的举动，是追求光明、追求真理的特别的具象的代称，但仅有这一点还不够，抒情者以至于在梦里，都要有美好的向往，不愿触弄那些宠坏的花朵。诗作逼近了自己灵魂的深处来观照自己，把自己的真实想法袒露于世，可见诗人的内心是强大的，诗人的灵魂是高贵的。诗并不都是故作姿态的，也并不都是自我炫耀的，我们相信，诗人是有道德选择的，更会有价值选择的。我们也希望，尘世里的眼睛不要把诗歌和诗人当成是病态的。

遇　见

为什么蜜蜂得知花朵的踪迹后异常冷静
为什么你从那一年走过就走了很久
日头真的就没了原来的高度吗
而我的心间总藏有一个冬天
时间的跨度足够使你审知一切
看我这一生
常常因为错过
才使我的爱和一切被遣送回来
但你要相信我愿用所学的言语
就这么天昏地暗的难过
就这么无奈地走进正常的生活秩序
翻过海水
假如如你所愿
石头上沉默的

暮色
还会收起海边的每一波浪

点评：诗作写出了一个人成长过程中必有的心灵历程。生活中总有许多不如意，我们可能要如诗人所说：就这么天昏地暗的难过，就这么无奈地走进正常的生活秩序。试图装作冷静是无奈的，痛苦的，但生活需要正常的秩序，就像“暮色／还会收起海边的每一波浪”一样，不平静后复归平静，时光使我们要暂时抛开一切的风浪。诗作的语言新鲜，没有造作，诗人叙说冷静，抒情总是沉下去，不直接呼喊，而是把最独特的感受，即对外在的人和物，其实也是对自己的歉疚、怀疑、反省告诉我们。“看我这一生，常常因为错过 / 才使我的爱和一切被遣送回来”。抒情者是多么的爱生活，爱他人，尽管这种爱有时可能是冲动的盲目的，但又是多么真诚大胆的。一个“遣送”，其中的甘苦只有深入生活的人才能清楚。

长流水

假如烽火台翻越沙漠
我要站在沙丘顶部为另一个早晨歌唱
甚至把成群的蜜蜂都藏在那儿
假如暮色中石头再次沉默
我会告诉痴迷的爬山虎把匕首藏在哪里
瞧喷涌而出的流水让人们正迫不及待地发泄厚厚的外套
而我把手抽了出来为了不使言辞泛滥
我故意说道：是我们把季节看错了反说流水对付我们
此刻，三大瀑布如同我昨日的眼睛
日以继夜不眠不休

点评：长流水之景是毛乌素沙漠边上的，原本并不出名，近年才开发兴盛起来。许多诗人已经写过长流水之景，但大多关注景物本身，而刘京写得与众不同，他注重的是人的内心活动。诗人开头就写道：我要站在沙丘顶部为另一个早晨歌唱，甚至把成群的蜜蜂都藏在那儿。这样的企图显示了一丝调皮式的智慧，颇有童趣、意趣，一出现就会让人喜爱，这是多么纯真的情感。同样，“是我们把季节看错了反说流水对付我们”。也充满了智慧，把季节看错了，这就写出了景象的独特之处，好的诗歌语言总是不在多，而在于所要表达的意思有宽度和浓度。诗作正是这样。“三大瀑布如同我昨日的眼睛 / 日以继夜不眠不休”。多么生动活泼的句子，让人想到太多太多的东西，这不只是单纯地来写景，写是写人的另一面。刘京的诗句总是出奇，给人新意，这是诗人值得尊敬的地方。

石　林

石林，一群石雕坐满五颜六色的天空
没有欣赏的情愫驱动
没有任何欢笑让我惊愕
一群浮想联翩的石头
他们说：在熙熙攘攘的人群中我听到的只是叫卖声和其他
每一块石雕，每一寸绿草
没有任何值得我深思熟虑也没有任何想象挥之即来
没有任何石头邀请我成为座上宾
金钱的铜臭味是如此的浓
它们只关心自己
哎，我多想离开这里

点评：面对石林，著名的旅游景点，诗人以比世俗的游人更加冷静更加理性的眼光去欣赏景物，诗人关注的不是景物本身的美感，而是景区里的叫卖声，关注的是金钱的铜臭味。石头成为了人们赚钱的工具，在诗人眼里，它们没有了美感，所以诗人写道：哎，我多想离开这里。他的写诗的触角，他的灵气，都是值得称道的。诗作构思上，逆向反向思维，从石头的角度切入，赋予石头人格化的力量和情感，“一群浮想联翩的石头／他们说：在熙熙攘攘的人群中我听到的只是叫卖声和其他”。这样的诗句，饱满而有内涵，诗人总是关注句子的容量，让它们融入更多的情感和思想，而这是诗词高质量的保证。

旅　途

当我再次看到玉龙雪山时
玉龙雪山究竟会不会看到我
为什么我和雪山一样
问着重复的问题
泸沽湖里绕道而行的眼睛究竟有几只
一年才开一次
我在澜沧江上宠坏的孔雀和我的嘴唇一样
在我走过的时候

点评：刘京的诗有些还是晦涩难懂的，就像这一首。诗作的主旨是什么？诗人一开始所写，还是明白的，人看景，景看人，天人感应，物我一体。一个人对自我内心的观照来自于人的自我觉知，人需要把自己放在物的角度去思考，进而得出本质的认识。一切的景都是人心中的景，人心又是最不可捉磨的。但是，人往往会以自己的宠爱去对待外物，诗人自然也是这样，“我在澜沧江上宠坏的孔雀和我的嘴唇一样”，世上美丽浮华的东西让人总做出不可预料的举动。诗作句子的大跨度跳跃，也许很难适应通常的思维，但正是因此，所以展开必要的想象，填充进去一些扩展的内容，你应该还是会有惊奇的感觉。诗题为：旅途，想一想，途中，我们是不是也被当作了景物，只不过是不是被宠坏的，也未可知。

玉龙雪山上的诗集

我的诗集从玉龙雪山上摔了下去
它足够坚实又无法埋怨
它是我的
我爱它的程度毫不亚于我的生活
我是故意那么做的
若干年后
当我老去
我再找到它
我的文字还在不在书中

点评：诗人对自己的诗作，显然有肯定，但又有怀疑，这是正常的，人不是先知先觉的，在当下这个诗人自我封闭而孤独的时代，诗人有一种自觉的意识是难能可贵的。这里，也给了我们一种思考：诗歌如何走近人心。当然，诗人更多的还是深深的爱，这种爱是骨子里的，所以诗人说：我爱它的程度毫不亚于我的生活。为什么要从高高的玉龙雪山上摔下来呢？因为这山足够高，也足以让人想到纯洁、高尚、神秘。我们相信，诗歌是不腐烂变质的，它是永存的，一切爱生活的人都会爱诗。诗作语言直白，不加修饰，但字里行间，我们看到了诗人灵魂，就如同雪山一样可领略的地方很多，我们也有一种想一下子看完诗人诗作的冲动。

旷野中的列车

我所有的行李都在火车上
兜着越来越大的圈子
也许我不能找到某一个随意停靠的站点
可我总不能不停下来
我绕着紫禁城绕着兵马俑
我绕过每一片遗失的向日葵
而我依旧不清楚
我是从哪里上车的
又从哪里下车

点评：这首诗真好。诗人对于自我的人生历程的反思是如此的有深度，好像诗人历经沧桑。其实诗人只是80后。但是，写诗的感觉并不分男女老幼。诗人以最简明的语句对人生做了最本质的描述：我们来自于生命的开始，自然会回到生命的终点，但是我们穿越生命的过程中，却往往是极度迷茫困惑的，生命过程的随意性、盲目性、无序性，都会让我们无奈、忧伤、痛苦，但又勇往直前，义无反顾。诗人有自我观照意识，所以这种反思就显得有价值。诗作在选取物象时，紫禁城和兵马俑，很有代表性，而“绕过每一片遗失的向日葵”，让人想到了抒情者的追求，向着阳光，向着生命的制高点，是积极进取的，但即便这样，我们也摆脱不了人生的种种困境。

面　孔

每天有数不清的面孔从显示屏窜入我的大脑
从收费车道的半球摄像机插口
一直沿着生锈的线路到我眼前的监控主机
从路虎到奇瑞到农用三轮车
它们开口说话却不是一个语调
而那些所谓富足的人永远无法弥补世俗的眼光
他们无法使一张丢弃的纸屑轻易拾起
甚至于从不知道如何尊重脚下的每一寸土地
灵州城成千上万的面孔里我所熟悉的又有多少呢
每天都有一些面孔在重复
每天都有一些面孔在消失
今天从车道里遇见的那些面孔多数是最后一面
可我早已学会了遗忘
他们迟早会选择离开或变得陌生
我敢肯定也许十年前我见过他们

点评：写面孔的诗作并不少。看面孔就是看众生相。生活是纷繁复杂的，人脸是情态万千的。我们看过太多太多的面孔，有过太多太多的感慨。诗作写人人经历过的，熟悉的情景，原原本本的，淡定从容，好像没有尘世里的喧哗吵闹，诗人自说自话，不有意抒情，也不直说主旨，就是再现生活情景，让我们也当一名尘世里的打量者，看世间熙熙攘攘，来来往往，看过后，沉下心来，我们再去回想：我们记住了什么？我们还想记住什么？我们忘记了什么？我们还想清除什么？生活中的不确定性，造成了生活的多姿多彩，也造成了人情多变、物欲横流。诗作并不单纯是说面孔，诗中也有对现实的批判："而那些所谓富足的人永远无法弥补世俗的眼光 / 他们无法使一张丢弃的纸屑轻易拾起 / 甚至于从不知道如何尊重脚下的每一寸土地"。这样的句子显示出诗人作为一名知识分子的精神所在，诗人能守住自己的精神家园，而不去向精神的乞丐靠拢，这就是诗人的本质。

张立的诗（9首）

作者简介，张立，男，笔名留香、陌立；宁夏灵武人。中科院经济管理系（在职研究生）毕业。高级经济师。中学时代即开始诗歌写作并有作品发表。1988年至今，已在《人民文学》《诗刊》《青年文学》《星星》诗刊、《绿风》《朔方》《黄河文学》等区内外报纸杂志发表诗歌、散文近三百首（篇）；《伞》《途中》等诗于1992年收入《中国新星诗人佳作集萃》一书；《羊命》《意外》等诗于1993年收入《中国新人诗集》一书；《幻想》《夕阳西下》《预示》等诗于2007年收入《时光之轴》一书。诗集《途中的花园》于2008年由太白文艺出版社出版，《把岸还给河流》2010年由中国戏剧出版社出版。

夕　阳

夕阳在天边燃烧
你看到的可能是一派辉煌

我想到的却是
沉入海水的灰烬

点评：诗歌语言简练大气，创设的意象恢弘鲜明，让人有种身临其境的感觉。在对待同一种事物的看法上，无非就两种观点：要么对，要么错。要么雄壮，要么渺小。诗人利用诗歌的语言高度概括夕阳呈现给世人的两种状态：辉煌和毁灭。当夕阳在天边燃烧时，世人大多数看到的只是它辉煌光彩的一面，其不知另一面光彩辉煌的背后却是暗淡、沉寂。这一面往往被人们忽视，甚至是有意不提，这其实就是生活的本质。多少人的一生只是昙花一现的光辉亮丽，然后就是默默无闻，大多数人甚至没有过辉煌就默默无闻的过其一生。哪有诗人笔下的夕阳那么走运，至少辉煌地燃烧过，即使成为灰烬也是心甘情愿呀。

青　铜

这是个战火纷飞的年代
这是个孕育了很多往事的物件
遥想鼎盛千秋的古代
我就是用这枚精致的鼎
喝败了天下英雄
稳固了我铁打的江山
这是个成就了很多美梦的时代
这是个见证了王朝
由盛到衰的器物

遥想那激情燃烧的岁月
我就是用它喝了毒酒
死于我建设的帝国

点评：青铜器物是代表汉文化的大器，它的冶炼技术直到今天也是个谜，如果在中国不管你开什么样的博物馆，如果没有青铜陈列，那你的博物馆档次可见一斑。诗人选择这样一件国之重器，穿越历史时空，绕过战火纷飞的年代，将战争、王朝、历史、社会等抽象元素，具象化。最后，通过青铜向世人揭示一个真相：历史的车轮永远向前。封建的落后的王朝，迟早会被先进文明的时代所代替，不管你是铁打的江山，还是铜铸的江河，人类文明进步的车轮会向着今天更美好的社会进发。

太　阳

我没有你那么大的天空

点评：我们惊讶于诗歌的超大想象空间，惊讶于匪夷所思的意象创设。这样一首充满了想象，夸张的诗歌，它竟然只有一句话，而且只有十个字。可这短短的一句话却包含了丰富内容，有着立体感极强的画面，让读者充满了好奇，猜想，探究。毫不夸张地说，可以让读者的思绪信马由缰地去驰骋。一首诗，题目的确定是非常关键的，它是整个诗个的灵魂，本首诗由题目然后来看诗歌内容，就能产生超强的震撼力，也使诗歌整体性、完整性、概括性达到了高度一致。诗歌虽只有一句，但所折射出来的信息却是多元的。就本诗而言，你可以认为它是在探讨理想追求；也可以实在讨论人类的生活空间；也可以是在反省人们生活的环境；也可以是在展示自己的胸怀和野心；等。总之，这首诗歌无论从意象创设，语言推敲，还是涵盖内容上，都应该是短诗中的精品之作。

情　殇

我会开放所有的花季
朝向春天的方向
无论是满山遍野的蝴蝶花
无论是带露的迎春花
这一季都属于我

点评：这是一首比较唯美的诗歌，尽管诗歌内容主要是写个人悲欢，

但是诗歌从题目到内容一气呵成，连贯流畅，大气但绝不霸道，决绝但不失多情。诗人从前两节开始置景，让读者可以想象到漫山遍野、一望无际的花的海洋，它们都朝向春天的方向开放，诗人是有所追求，有所指向的，无论什么样的花，你开得美丽与否，无论我得意还是失意，诗人陈显在世人面前的总是虚怀接纳，因此在结尾诗人干净利落地写道“这一季都属于我”。

酒　吧

走进去
该沉沦的全部沉沦
走出来
该高尚的全部高尚

点评：诗歌的张力就在与诗人在字里行间所营造的意象或者是给读者创设的空间的大小。全诗只有两句，可这两句所包含的内容可谓包罗万象，意味深长。一进一出，一个沉沦，一个高尚，两个“全部”就将社会的死角，社会的亮点栩栩如生地展现到了大家的面前。好诗不一定字数要多，能在拨动人内心深处有那么关键的一句、两句，完全能够说明问题。读完整首诗，你再回过头重点看一下题目，然后再通读，这真是一首耐人寻味的诗歌。

化　蝶

在飞跃了红石峡之后
在那场雨湿溶了火石寨之后
我一直觉得每一段爱情
都会有一个美好的归宿

当我像一只疲倦的蝴蝶
睡熟于你留恋的花丛之中

我不得不绝望地承认
我不可能成为你的唯一
也不可能成为你的传奇

其实　在来世的轮回中
我还是希望成为你梦中的那只蝴蝶
无论受伤还是幸福
毕竟我有过别人没有的爱情

点评：这是一首可以改编成剧本的诗歌。诗歌所蕴含的丰富情感，所创造的奇幻意象美轮美奂。全诗分了三节，第一节开门见山，直接给大家营造了奇幻壮丽的红石峡风光，可以想象大块大块的红色巨石，突兀高耸，巍然屹立。在这样一个美丽神奇的背景下，刚刚下过一场不大也不小的雨，有一只美丽的蝴蝶翩然飞过，这个场景足够美丽。第二节就是借景抒情，“我”不过是一只追爱的蝴蝶，而且被爱伤得已经绝望，“我不可能成为你的唯一／也不可能成为你的传奇”。哀莫大于心死。这曾是怎样的一场爱情呀！第三节实际是对诗歌第二节的一个补充，诗人在绝望中也不忘爱着对方，真正做到了：曾经沧海难为水，除却巫山不是云。最后一句可谓化腐朽为神奇“毕竟我有过别人没有的爱情”，经典！

一棵不开花的树

让它开花
就是一个错误

点评：短诗的精巧绝妙就在于：多一字显累赘，少一字呈遗憾。这首短诗，题目和内容已经浑然一体“一棵不开花的树”，你选择让它开花，站在客观立场那是人的错误，人的本意和主张，态度出现了错误。但是要是反过来琢磨这句诗，站在人的主观立场，我们想让这棵树开花，其实也没有错，很多东西不由人的意志为转移，但还有很多东西是人类能够改变，通过人的后天努力能够实现的。“人定胜天”就是这样的道理。诗歌的内容也可能单个隐喻爱情，对于爱情它是个特例，没有谁可以操作爱情，把握爱情，这也许就是本诗透露的无奈吧。

在那边

在那边有皑皑的白雪
还有猎人锈蚀的猎枪
落叶松构筑的木屋
抵御不了花斑豹的侵袭
长白山
这里将是我最后的归宿

在那边
在那边有如玉的湖泊
还有采莲人如梦的婉歌

荷叶田田
是谁有如此的福气
生活过得幸福安康

点评：作者的写作风格非常明显，先写景后抒情，而且写景都是大手笔，“在那边有皑皑的白雪／还有猎人锈蚀的猎枪／落叶松构筑的木屋”，写景也很浪漫很有画意“在那边有如玉的湖泊／还有采莲人如梦的婉歌”。诗人在写景的同时，也在渲染着一种积极向上的正能量，如此美丽的家园，如此可爱的地方，我们有一千个理由去爱它，去追求如此幸福安康的生活。诗人的生活格调，追求是高远的，这就为诗人边写景边抒情奠定了高远的格调。而且值得耐人寻味的是，全诗字里行间都透着一种清新脱俗的超然气息。

往　事

往事是一盆花
总开放在我心灵
触摸不到的角落

往事是一片云
总落在我的羊群
离去的山头
渔舟唱晚

往事是一场没有情节的电影
我记住了人物
忘记了插曲

点评：每一段往事都有它被记忆的理由，当然也有被遗忘的理由。诗人故意创设了三个不同的场景，一盆花但是触摸不到；一片云，但是看不到；一场电影，但是没有情节。这三个场景反复强调的就是往事如风，已经淡出了诗人的视线，已经走出了诗人的内心。可是当我们读完这首“往事”，往事就真的走远了吗？很显然，往事不仅没有走远，反而一直盘踞在诗人的心间，这样，诗歌的一唱三叹，诗歌抑扬顿挫的节奏才更加的生动，更加值得人去体味。其实，生活中我们越想忘记的东西，越是不肯遗忘。

张不狂的诗（7首）

作者简介：张不狂，本名张彬。生于70年代。陕西横山人。有诗歌、小说、散文作品刊发于《诗刊》《星星诗刊》《诗选刊》《诗歌月刊》《绿风诗刊》《朔方》《阳光》《杂文选刊》《延安文学》《宁夏日报》等报刊。获得“乌金文学奖”等各类文学奖项二十多项。有作品入选《宁夏文学作品精选集》等书。著有诗集《红磨坊》和《城市与山水之间》。宁夏作家协会会员，中国煤矿作家协会理事，宁夏杂文学会会员，银川市诗歌学会副会长。现供职于神华宁夏煤业集团公司。

残雪：施槽村

白迹覆盖的沙地，一些凌乱的足迹
尚且不能构成对一地白的雪的挞伐
风打梁上吹下来，自然的硬着

房檐上垂吊着的冰柱，并不惊心
并不留意太阳的橘黄从其拒绝融化的内里穿透
三五只鸡，用三尖爪子弹开一片浮雪
在冻土里翻找食物。与雪连为一体的
群羊，将高出雪层的植物捋入口中
这个看似一切都在挣扎、垂死的时间
并不是全部都已进入休眠，并不是
大地已经僵硬到没了胎动，你看
房顶上朝向西北布陈的那一款袭人的炊烟
正在把硬化了的血管化开，让血脉
开始了喷张。倚在墙角的杂草
正在等待一场火焰，期望新的一轮生命
在灰烬里释放再次蓬勃的热情。一地的
残雪，正在渴求一次浴火重生的燃烧

点评：诗作呈现的画面是原生态的，没有出奇的东西，但就是这些平常的现象或画面，在诗人的笔下富有诗的意境，诗人用口语化的不加渲染的语言很冷静地将风、雪、鸡、羊、灰烬等等的物象赋予了人格化的情感和力量，把它们最生动的姿态和最真诚的心理袒露了出来，让读者观赏。这些物象表现出来的生命的特征是如此地震慑人心，当你看到这些情景的时候，倘若你是有敏感的心的话，你不能不为之所动。诗里的句子不乏哲理，比如：“你看，房顶上朝向西北布陈的那一款袭人的炊烟，正在把硬化了的血管化开，让血脉开始了喷张。”这样的句子观察是多么细致，而联想又是多么贴切，符合西部山村景物的粗豪的特点，化静为动，化实为虚，极富表现力，力量感明显。诗的主旨无疑是高扬生命的力度和韧性。

一匹马像机器一样吃草

一匹马在草地上吃草
一匹马从草地的这头吃到那头
一匹马将太阳的影子一直吃到了西边
一匹马卧在草地边打着鼻息拍打着蚊蝇
一匹马吃过的草地看上去依旧完美无缺
一匹马吃草的技法让我想到了整理草坪的机器

点评：诗作描绘的好像是一幅让人异常平静、不生一点波澜的画面，这种看似缺乏诗意的平淡直白的叙述，没有什么华丽的修饰，排列整齐的句子，让人想到了台阶，但是越往上走，越看到了奇妙的风景。如果说这里没有理趣，那是不对的。这种对马的客观冷静的叙述，包含着诗人非常自觉的创作动机，那就是要在读者的面前呈现一种现象或一组现象，让读者去体会自然的法则，进而领会其中的含义。马吃草是平常的事，一点也不稀奇古怪，但在这里，我们看到了诗人的发现，看到了平静、合理、从容和不因外界的作用的心态。倘若我们人类能有马的这种令诗人由衷地赞赏的特性，那么何愁不能斩断许多的烦恼忧伤呢，何愁不能建设和谐自然的社会呢。

水洞沟边上的一条沟

我们谈论水洞沟
我们跟着水洞沟跑

我们在沟里看山
我们在沟里看水和芦苇
三万年太久了
我们看不到古人类活动过的遗迹
我们看到的或许古人早已看过了
我们或许踩疼了古人的脚印
这些，都有可能
我现在要说的是水洞沟边上的一条沟
它的落寞快让我看破了红尘
如果三万年前
人类的活动要是在我说的这条沟里
今天，我们还会一脸科考的架势来水洞沟吗

点评：诗人总是出其不意，这里诗人还是不写常见的世事变幻的主题，而是表示了对常态下的所谓的道理的质疑。这种理趣是诗歌的理趣。诗歌从来不能是人云亦云的，否则那就不能称其为诗。诗人关注的是自己独特的心理体验。水洞沟看过的人太多太多，但恐怕都没有诗人这样的想法，毕竟诗意的东西是要靠诗人的特别的心去发现。这种理性的思考或者非理性的思考，都源自于诗人的敏锐的观察力和超强的想象力。诗作有让人耳目一新的句子，如“我现在要说的是水洞沟边上的一条沟/它的落寞快让我看破了红尘”，这样的句子就不是单纯地写一条沟的荒凉了，而是写到了人内心的潜意识。

土长城

我到了长城
我也登上了长城
我张开双臂
左手托着内蒙古
右手牵着宁夏
我苍狼一样看淡了壕墙边的风
在一截一截坍塌、低矮下去了的
土长城的边上
我丝毫没有获得什么英雄感
我觉得这根本就没有什么

点评：诗作把抒情者自己放在了自然的角度来思考，把自己看得平常平凡，说自己丝毫没有英雄感，所以诗作是想告诉我们：一个人应该谦恭，应该低调，不要把“根本就没有什么”的事看作是多么神奇壮烈的事。尘世里，人类最突出的就是自命不凡，最缺乏的就是自傲自大。这是人类的痼疾，即使我们做出了很大的成就，我们也只是地球上的一员，在自然面前，我们往往是渺小可怜的。我们应该如诗人所讲，要像一条苍狼看淡了壕墙边的风，倘若我们真有了苍狼一样的心态，我们就会变得真正智慧了。这里的风，应当指人类面临的种种的挫折、不幸、苦难等，这些东西是人类永远要面对的，不可能不出现。诗作构思与众不同，不是去感叹世事的变幻，而是从一个特别的角度去说别人没有说出的意思，有识见。

习　惯

我无意于站上这个群峰之上的高巅
我只是习惯了越过一个个沟坎而已

点评：诗作只有两句，但绝对是好诗。诗人要说的是一个人不要总想着自己了不起，想征服什么时候，想让世人景仰、赞美。一个人能力是有限的，但是只要有恒心，有毅力，就可以翻越许多的高山，越过许多的沟坎，这样的人就是可敬的。诗人说“我只是习惯了越过一个个沟坎而已”，表明诗人把每天的努力当成自然的事去做了，这可以算是爱岗敬业的了。诗作让我们想起了古希腊神话中的西齐弗，他只是想着去做自己应该做的事情，并不去想结果如何。结果是在努力的过程中产生的，并不是一下子就到来的。如果我们每一个人都能把努力、追求、超越当成习惯，当成每天必做的事情，我们都会成为伟人。其实，伟人就是这样诞生的，并不神奇，只是我们没有做到。诗作揭示了一条朴素的真理。

之　后

在什么时间？在寂静的只有拔节的夜色之中？
在一脸黝黑的空气里？是什么样的力量
牵引着它，在它的眼前指明一条向上的路径
让它挺起胸膛、直起腰身，将喉结的淤积
在一声长啸过后，放达的吐出？在冰冷的

夜，保持着梦睿不被风吹裂。在长久皴裂的

缝隙中，依然坚守了青苔一样的记忆？
到底是什么时候，风背叛了寒冷
从冰层里抽出热情的火种，使得灵魂的
大海浩瀚开去，在灰烬了的酷寒之上
掀起了春天的火焰？以致于枯萎的树
一脚踢开了堆积的尘土，将绿蕊的波浪
在候鸟的轻吟中，自晨光的地平线上舒展开来？

点评：这首诗其实是在讴歌赞美自然的力量。但是诗作的题目很别致，之后，什么之后呢？当然是在枯萎之后，在寒冷之后，在燃烧之后，在寂静之后，在睡梦之后……许多之后，我们只有是有心人，我们就能感受得到自然的伟大创造力。诗歌主题虽然并不新鲜，但是语言无疑是新鲜的，正是因为这种新鲜，给予人意义上的新鲜和丰富。诗句很有语言的表现力，作者善于运用具有扩张力的动词，写出了自然之力的强劲，比如“拔节”“吹裂”“踢开”等等，让人联想并惊奇。诗人说“梦睿不被风吹裂”，好梦不裂，真正的睿智。诗作也运用了富有形象的比喻，如把春天的绚烂多彩比喻为“火焰”，有形象有色彩有动感，可见诗人长于造句，长于修辞，这都是写好一首诗的关键。

和艾米莉·狄金森去造一个草原

艾米莉·狄金森亲手创造的一个草原

那里只有一株三叶草和一只蜜蜂
两个世纪之后，她的草原依然不够宏大
不够壮阔，但我还是愿意在爬满兽骨的沙地
种下一株三叶草，我想一定会有一只蜜蜂嗡嗡地飞来

点评：艾米莉·狄金森的诗《要造就一片草原》写的意思是“孩子们擅长创造游戏，天马行空，用苜蓿、蜜蜂、和白日梦”，这些纷至沓来的观念，就可以组成一个神奇陆离的别人永远无法涉足的美妙世界，而这首诗的作者也有美好的愿望。一个草原，只有一株三叶草和一只蜜蜂，多么音调，多么贫瘠，但是诗人渴望造成出这样的草原，可见这是怎样的奢望。诗人不仅仅敬重、艳羡艾米莉·狄金森，而且要和她一样，有一个美妙的心灵世界，虽然艾米莉心中构造的这个草原还不够大，但是诗人愿意继续构造，这样前赴后继的行为一定会有更大更好的成果，而且诗人坚信“有一只蜜蜂嗡嗡地飞来”，诗人心中充满了渴望，充满了信心和力量。诗作只有几行，但足以能够让我们看到诗人心中的整个世界。

李学智的诗（3首）

作者简介：李学智，1965年3月生于灵武。毕业于宁夏大学历史系；迄今在《诗刊》《诗刊选》《朔方》等区内外报刊发表诗作近百首。现在灵武市科技局任职。

四　月

树向南偏了偏
然后大幅度朝北倾斜
一直压向
我的屋顶

四月
我的脸像我弃掉的花朵

点评："树"在诗里就是季节的代称，就是诗人对光阴给自己的外在的作用力的另一种说法。按《易》来讲，四月前，是阳气上升的时节，四月后，阴气渐长，萧瑟的秋风到来后，给人的生命的压力自然就重了。所以，诗作的象征性的含义明显。这是诗人经历了人生人沧桑后的深切的感受。但仅写这一点是不够的，"四月 / 我的脸像我弃掉的花朵"，这样再写，就写出了岁月的风尘感。弃掉的花朵当然是枯萎了的，打蔫了的，这样新奇的比喻，就写出了一个人在这人尘世里的许多不如意，写出了生活给人的磨难、挫折、不幸等等，而这些东西施加于人脸，人脸的纹路、色彩、表情就是人的精神状态的反映。因此，脸隐喻为什么是可以明白的。

回　声

你离我而去
背影像睡在眼底的树冠
我内心的东西在挣扎
我张嘴呼喊
花朵啊
给我你开放时的回声

点评："你离我而去 / 背影像睡在眼底的树冠"，这样的句子有动态感，写出了一个人对一个人的依恋，那眺望的姿态清晰可见，那深刻的记忆难以抹去。诗人心中充满了对生命中的独特的感受，这种感受给人的是强烈的爱，正因如此，诗作写到抒情者当一个人离去时，他内心里有东西在挣扎，挣扎什么不说；想张嘴呼喊，喊什么不说，这些作者都不能也不该明言，让读者去想象去填充。仅仅有这一点还不够，妙的是还想听花朵开放时的声音。花朵开放的声音是多么的微弱，但在诗人看来想来，它是纯粹的，响亮的，最强大的，也震撼人心的，让人联想丰富的。诗作具有巨大的容纳空间，短小但并不失分量。只是题目，还可以再斟酌。

桃　花

桃花开的没错，错的是
我看见桃花开了

蝴蝶飞在桃花中没错，错的是
它把花瓣变成自己身体的一部分

桃花和我们在春天里相遇没错，错的是
一个人在桃花中背着我收养了一场春雨

桃花与爱情有关没有错，错的是
爱情绑架了桃花

我摸过桃花的手没错，错的是
我把摸过桃花的手放在了你的手上

点评：这首诗充满了生命的智慧，甚至说是狡猾。一个人本有爱，对桃花，对这个世界里应该爱的女人，但是诗人并不直说，反其意而行之，总是一再说错了，其实这是多么真诚的话语啊。错与不错，明眼人一看便知。爱并没有错。诗作层层铺垫，直到最后点出“你”，多么巧妙，这种慢慢深入的写法，是诗歌里不常用的但无疑是很好的手法。桃花，是诗歌里常用的意象，它承载了许多文化的心理的感情的东西，与爱有关，与爱女人有关，使它的意义丰富了，古人吟咏桃花与爱情的诗句很多了，“人面桃花相映红”太有名了。诗人能创新，这是高明的。诗作感情细腻，意思含蓄，诗人做到了感情的内敛，用词上讲究，比如“收养”“绑架”，移用的修辞格外别致而富有意味。

周鸣的诗（6首）

作者简介：周鸣，本名周福琦，回族，男，1968年2月生，现供职于银川市电视台，系宁夏作家协会会员；已在《人民文学》《诗刊》《星星》刊物发表诗歌作品近百首。已出版诗集《背后的村庄》（宁夏人民出版社2006年版）一部。

横城古渡

古渡只留下了清代的一片水渍
感伤的人吟着诗已经走远
划桨声从梦里走来　渐行渐远
繁荣　像昨日的谎言　洞穿不了时光
记忆　早已斑斑迷离　惊不起一声长叹
渡口把过去辉煌和令人炫目的记忆
都顺水而渡

我们站在古渡的起点
从内心上岸　还从内心到岸
古渡的进展和历史一样　起点就是终点
脚无法走到的
让我们闭上双目
让心去靠岸

点评：古渡留给人的不仅仅是清代的一片水渍，还有被历史尘封的桨声灯影；被岁月遗忘的苦吟诗人；被记忆搁浅的商旅客船。在诗人蕴含哲理的诗句里面，这些生动鲜活的画面又一次被诗人栩栩如生地陈显了出来，那些船来船往的旧时繁荣，旧时的喧闹，早已经走远，可是，当我们再次来阅读作者的“古渡”那种久违的现场感，还是那么的亲近，那么的熟悉。诗歌的诱人之处就在于它散发着迷人光彩的闪光语句“记忆早已斑斑迷离，惊不起一声长叹”，“我们站在古渡的起点，从内心上岸，还从内心到岸”，这不单纯是在追忆时光的远去，也是诗人触物生情，对未来的一种寄托，对自己心灵的一次重塑，对未来的道路的期冀，正如“脚无法走到的，让我们闭上双眼，让心去靠岸”。

灵武西湖

瘦能瘦过冬风吗
一口气就冻僵了我的思想
胖也胖不过一池丰水
楼群分割的情绪

一方一格也没有涟漪
谁的手　钓走了肥肥的秋天
也让冬天环顾不了自己的期盼
在灵武西门　几分遐想
迎风招展　堆积的感慨
就在城市西南角潜生暗长
一个西湖　映照了灵武的岁月
长吁与短叹　就像一个冰凝成的镜子
让季节栩栩如生

点评：灵武西湖写过的文人墨客很多，但是诗人的“灵武西湖”却与众不同。开篇的一个“瘦”字，可谓绝妙，又拿西湖的瘦和东风比，充分彰显了诗人奇幻的才思和迥异超凡的想象力。一个“胖”字，更是运用神奇。在写“水”上，大多要么清澈，明净；要么绿茵茵，蓝汪汪。可是诗人独辟蹊径，恰到好处地用了一个“胖”，不仅写出了西湖水的风韵，同时对水满汹涌的动态描写尽显笔下，猜想冬天过后，西湖的春水那将是更加美丽的景致。环顾西湖的周边，诗人的思绪被楼群阻塞，就有了“一方一格也没有涟漪”，此时此景不能不让诗人由衷地发出感叹，“谁的手　钓走了肥肥的秋天”。这样的诗句，不仅用语新奇独特，所创设的情景也是栩栩如生，耐人寻味。全诗一气呵成，流畅自然，意象环生，用词巧妙独到，让人有阅读的享受。

二道沟岩画

是山梁上长出的几朵花
散漫地怒放着
淡淡的滋味随风飘荡
天空只有岩石这般大
风雨霜雪　四季轮回
孕育成沉默的风景
鸟兽鱼虫 都不知疲惫地活了几千年
如果　有一天我成了岩画
就在这里幻化成一条鱼
灵巧地游走在苦焦的视线里
把对水的期盼雕刻成岩石的尊严
把海洋、森林的气息装满绿色的眼帘
岩画中的牧童　仍旧挥着长鞭
草色齐腰呀　竟淹没不了牧童欢乐的笑颜
笑颜流成了一条河
鱼、岩画、我和二道沟一直在幸福地游走

点评：刘协的《文心雕龙》中说做文章要有“凤头、猪肚、豹尾”，其文意就是强调文章的开头要像凤凰的头，美丽而且要一下吸引人的眼球。这首诗很成功地做到了这一点，开头一下紧紧抓住了读者“是山梁上长出的几朵花，散漫地怒放着”，将刻板没有生命活力的岩画比喻成开放的花朵，本就充满新意，而且又是“散漫地怒放”，不仅将岩画写活了，还给读者心灵带来强悍的冲击力。所谓“猪肚”就是要求文章的容量要大，涵盖的信息要广，文章的内容要丰富多彩。这首诗歌在内容上可谓精彩纷呈从“风雨霜雪”的四季轮回到“鸟兽鱼虫”不知疲倦地活了几千年，再到海洋、森林、湖泊，二道沟的山川，牧童、河流还有我，在诗人充满神奇的想象里又重新组成了一幅新的“岩画”，这是一幅值得收藏的“岩画”，岩画中的各个意象都充满了活力，都有一种磅礴的张力“岩画中的牧童　仍旧挥着长鞭”，“草色齐腰呀　竟淹没不了牧童欢乐的笑颜”。结尾精练有力，真正做到了“豹尾”的力量，简短有力。笑颜流成了河，一切都在二道沟幸福地游走。

横城夕照

遗弃的城堡和落日的余晖
抓住了最后的光阴
一抹晚霞挡住了纷飞的视线
传说和典故已无路可走
时间揉碎的瓦片　像溅落的泪珠
和没有风景的眼睛都无法驻足
开始曝光的残缺历史缩成一团
躲在鄂尔多斯台地的西北角　向隅独语
透过门洞的天空　纯净得像孩子的眼睛
蔚蓝得如此安详
横城堡就像历史留下一块补丁
修饰、补正　我们的思想和认识
堡门大开　挤进了的是孤独
走出去的还是寂寥

留下了一丝惆怅

就像篝火残留的青烟　点燃了我们的想象

就是一张老照片　横城堡痛哭失声后

已经没有回响

点评：横城是有历史，有典故的西夏古城，它历经沧桑和战火的洗礼，可谓伤痕累累。就是这样一座古城，“时间揉碎的瓦片　像溅落的泪珠”。古城的寂寞其实就是诗人的寂寞。诗人一直站在局外冷眼观望着古城的一花一草，一砖一瓦。可是，谁又能背负历史留下的遗憾。历史是残酷的也是最为公正的，这座古城的存在本身就是历史最好的见证。“开始曝光的残缺历史缩成一团 / 躲在鄂尔多斯台地的西北角　向隅独语”。西夏古国是个神秘的王朝，也是个令人伤心的王朝。诗人看着洞开的城门，看着残破的瓦片，疯长的荒草，诗人的内心是寂寞的，感伤的。“堡门大开　挤进了的是孤独 / 走出去的还是寂寥”，西夏的后裔去了哪里，西夏的只言片语谁还在说，诸多感慨怎能不让诗人心潮澎湃。“横城堡痛哭失声后 / 已经没有回响”，这一句，是绝唱，也是横城的挽歌。诗歌的语言利用极其强大的洞穿力，再一次震撼了读者。

水洞沟

一缕瘦瘦的秋风

就把大腹便便的几页历史

吹成了一汪清水

深一脚浅一脚的历史巨人

在黄河岸边　鄂尔多斯台地
踩下了几级台阶几千年的攀援
还是走不进水洞沟的那一页厚重

历史就像一粒尘埃
静静地守在水洞沟边
生根发芽
于是
我们就在沟边
等待着水洞沟长成大树
好让我们嬉戏纳凉　回味一生

点评：诗歌的意象极其夸张，也十分的形象，“瘦瘦的秋风”，“大腹便便的历史”，使得诗歌趣味性、延展性都得到了提升。诗人充满童趣的语言，让本是乏味沉寂的水洞沟遗迹变得生趣盎然，“历史就像一粒尘埃，静静地守在水洞沟边生根发芽”。诗歌的独特魅力此时也是彰显无遗，历史这本厚重的书，可以是一粒尘埃，也可以是茁壮成长的树苗。诗人尽可能利用诗学的语言赞美着水洞沟，享受着水洞沟的一切，包括水洞沟厚重的历史。“我们就在沟边／等待着水洞沟长成大树／好让我们嬉戏纳凉　回味一生”，诗歌的纯真、童趣跃然纸上。诗中所包含的各种有效元素，也值得读者深思，回味。一个冷寂的水洞沟，一段几乎被人们忘却的历史，在诗歌形象，简练的描绘下，变得熠熠生辉。

灵州恐龙

庞大与微小都是同样的结局
死亡从来就是一种庄严
一湾化石　像我曾经放松的羊群
散乱地静卧着　没有预谋的状态
洞穿了一亿四千万年的时光
一种迹象　总有撕心裂肺的感觉
凝成的死寂　南磁湾一样异常孤独冷漠
恐龙怎么会消失
死亡　其实是另一种存在形式
完美　只能生于地上埋于地下

肃穆混然成一团凝重
侏罗纪的风
从恐龙躯干间呼啸而过
怎么能有无法忍受的这种安详
仍然不屑一顾的眼神
无法逼视我　一浪高过一浪地喘息
面对倒下的英雄我们只有一遍一遍地高唱挽歌
恐龙无动于衷
我的心神已经出窍
寻找一亿四千万年前的旷野
谁在陪伴硕大无朋　君临天下的恐龙
睡吧　恐龙
唯我独尊的时代　生存的轨迹

已成为傲岸和痛苦的漫漫背影
从来王者皆孤独
被人瞻仰的瞬间
恐龙的无动于衷 已击穿我们的心肺
面对一尊雕像　不敢有些微地一呼一吸

点评：诗人在营造了一系列意象之后，带我们穿越时空走入侏罗纪，我们看到的是一亿四千万年前的惊世骇俗的画面，那个时代地球的霸主---恐龙。它的称雄一世，它的桀骜不驯，它的呼风唤雨。诗人在缅怀历史的同时，也有对当下的追问，对今天自身生存状态的忧虑，“恐龙怎么会消失”，也有对生死的反思和定位，于是就有这样鲜活的诗句“死亡　其实是另一种存在形式”“唯我独尊的时代　生存的轨迹 / 已成为傲岸和痛苦的漫漫背影”，很显然，诗歌在表象上对侏罗纪的讴歌是为了对当下人类生存的忧患，对今天，未来的社会美好发展的一种祝福。一首诗歌的完成，它是诗人智慧、思想、人生经历的再现，这首诗歌不仅内容折射面宽广，诗歌的主旨思想也值得当下的人们思考。

冰河的诗（9首）

作者简介：周少华，男，生于1968年春天，灵武人。1992年毕业于西北政法学院，留校工作多年；2010年，受聘东南大学法学院教授，博士生导师。大学期间开始接触现代诗歌并从事创作，1992年起，开始以“冰河”为笔名发表诗作。100余首作品散见于《飞天》《诗林》《星星诗刊》《诗刊》《延河》《笠》（台湾）等20多种刊物。2004年出版个人诗集《冥想的石头》（中国文联出版社），此后十年几乎搁笔，2014年重新开始诗歌写作。

白

多么简单、公允
多么普遍的冷
没有层次，不分高低

一夜之间

白雪的白
将世界的不平抹平

点评：这是一首简短的诗歌。现代诗歌发展到今天，依旧还有许多人的普遍观点是，一名诗人要达到众人公认的诗歌成就，就必须写出比较高明的长诗，但我的认为却是，一名诗人即便没有一首长诗，如果他在短诗上有着高深的造诣，他就是一位成就非凡的诗歌高手，甚至无须用长诗去填充了。说白了吧，在诗歌开始可以大规模制造的时下，那些用警句组成的文本让诗歌一再蒙羞，优异的诗歌短制该是多么的难得啊。此诗写雪的白，写的是雪：简单、公允，冷，没有层次不分高低。如此简洁明快的用语，鲜活、精确而使人深省，有足够的重量让我们诚服，短短六行，足可达到诗歌独有的艺术魅力了。

香　山

我是最后一个来看红叶的人
她的香已经散去
最后一片红叶
从山崖上跳出
秋风撕扯着她单薄的红

这只是梦啊！多少年了
我没有这样失声恸哭

点评：除去诗歌步履的过去式，这是一首在内容和着墨点上都能展现出作者良好的诗歌技艺的作品。写香山，就写香山的一片红叶，最后的一片红叶，最后的从山崖上跳出的秋风撕扯着的一片单薄的红叶。它就是香山，整个香山。事实上，它就是诗人最想看到的，最想要的。人世间的事物无论是灿烂的，丑陋的；静止的，动荡的；有用和无用，在诗歌创作中，最好不要用大众的惯常的过客的眼光和态度忽略它们中的任何一种，诗歌往往需要诗人入微地抚摸它们，得到自己真正的所需，而没有普遍性的获得才是诗歌得到普遍的思想认同的理由，也就是仅存的一片红叶带给我们与诗人相似情感的理由。

安静的风暴

风暴可能在大地上熄灭
但，不可能熄灭在记忆里

火焰可以在山顶跳舞
也可以在大海里安睡

我知道语言会复活
沉默在旷野的雷霆会被引爆

在春天之后，在夏天流干泪水之前
我们要双手合十，静静等待

点评：诗人的才华表现在诗歌写作上那就是明亮可触的，无论诗人动用语言这个神奇而经久的工具写什么。我们曾经读过一些语言华丽和宏大的诗歌，后来又开始面对平白俗常——肯定区别于朴素的诗歌，如果说华美不实和大而无当的诗歌是诗歌探索和发展中必要的经历，那么，今天的毫无感知能力与艺术展示的分行文字绝对不是诗歌应该拥有的今天。一首诗歌要表现什么，传达什么，需要语言去如何完成，如同建筑，运用着砖头水泥和钢筋，有的人能建造出大厦，有的人只能建造出茅厕。回到这首诗里，我只想说：它显示着诗人在诗歌语言上的高超技艺。

大　风

谁的手摇撼着天空！
说出摇撼的不是星辰
是大地上树木的舞蹈
说出力量的
只能是折断！

大风之中
我不会倾倒
也不会弯曲
逆风而行
我要去往大风诞生的地方

点评：这首诗歌写着作者的态度和志向，含蓄却又坚定。一首诗歌要获得生命力的久远，它就必须具备思想和情感，就必须具有艺术上的独特性，缺失者就使得最能抒情的诗歌作品变得僵死，同时，毫无情感的诗歌作品又会成为枯燥无味的说明。诗歌是表现诗人自己的最好形式之一，这是上帝的意思。在这首诗歌当中，诗人对自己的处世是含蓄的，同时又表现得明确，这就使一首诗歌不显得那么“明志”，但又毫无掩饰之意，而这二者的处理是需要智慧的，使作品在二者之间有了很好的支撑和平衡，确为言志，因为诗歌就是为展示生命的秘密而存在的。

歌唱的力量

被烈火饶恕了的
为时间所摧毁

被时间饶恕了的
为人心所摧毁

那被人心所摧毁的
必将由唱诗班的孩子们
用祈祷重建

点评：这是一首“哲思”之诗，这种诗歌难写，没有知识储备和语言操控能力的人是会写走样的。在诗歌作品中，言词上的某些晦涩难懂和用意上的四方八面的存在具有它的合理性，“意义之谜最好是留在孩子们的手里”。然而，理解也同样显得艰难，选择语言之外的意会或许是一种明智，但是，文学作品是作者和读者之间搭建的一座给予与接受的桥，当然也并不是简单的给予和接受，这之间需要一种相似的意愿，经历和融合，诗人——诗歌作品——读者，三者之间因果的统一才能使一首诗歌诞生并得到良好的安置。可以肯定地说，诗歌有时候并不代表饥饿。

不知名的野鸟飞过湖面

一只野鸟飞过湖面
隐去的名字如同四周的静
留下抽象的美
让我无法说清

我能说清的只是它的影子
仰泳于湖中的姿态
比湖水更深
速度只好等于上面的飞翔

一种心灵的境界消解了语言
野鸟飞过的地方
空气和湖水被弹片洞穿
却深深地藏起了波纹

点评：冰河的诗歌总是显得不那么直接，这是诗人的品性使然，还是诗人对诗歌文本的认识所致，也许是二者兼而有之吧。读者如我者，应该不会喜欢那些毫无才情的词语堆积，而神神叨叨的伪才华又使人远之。而冰河的诗歌用灵妙的语言勾勒出了生动的图景，并将诗歌的主旨准确地融镶嵌了进去，使一首诗歌的语言、图景、主旨都达到了高度的统一。另外，“诗人的责任是表现，而不是证明”。所以，有的诗歌产生时就已经死去，而有些诗歌却永久地活了下去，尽管有时也会经历短暂的被遗忘但最终依旧走向了新的地位和声望。这需要才华，需要积淀，需要虔诚的写作态度，不是轻易为之就能达到的。

清　晨

一只鸟睁开圆眼
它在梦中安睡了一夜

哎，一只鸟比我幸福

它梦见了另一只鸟
我却从梦中失望地回来

点评：诗很灵巧。一个不如鸟幸福，鸟不定期有好梦，它梦见了另一只鸟，就好比一个人梦见了他爱恋的另一个人，那是多么幸福的事，可是，现在诗人写“我却从梦中失望地回来”，“我”显然做的不是好梦，是恶梦。这里有故事，有爱有恨，可能还有两个人一世的纠缠。诗作很短小，但是写出了人对爱的追求，对美好生活的追求和追求不得的无奈、痛苦、悲伤。倘若是女子，我们甚至能看到她梦中醒来，眼角挂着泪痕。“失望”一词，包含了许多复杂的情感，值得玩味。还有一点需注意的是“睁开圆眼”，为什么这样写呢？或许是那只鸟在梦中都要看着它的伴儿，这是不是爱之深呢？爱之急呢？就像尘世里，我们许多男人总想看住自己的女人一样。

在路上

我知道道路不平
我感觉不到自己是在上升
还是下沉
这是凡人的一生
——向南或者向北
都不会有太高的欢乐
和太深的悲愤

在路上，我隐姓埋名
歌唱或者沉默
始终不会改变自己的背影

和我擦肩而过的人
和我并肩行走的人
是在上升还是下沉
向南与向北，手握黄金或者箴言

让我羡慕你们
还是保持孤傲

点评：人之于路上，就好比是一世的生命历程。这一路上，我们每一个人是很难清楚我们的价值追求的，因为那都是在过程中实现的，不可预知的东西太多，没有任何一个人生下来就说自己是高贵的、伟大的或者是低贱的、渺小的。当然，生活中，几乎所有的人都是平凡的，即使是大人物，也不能把自己看成是不平凡的。因此，“都不会有太高的欢乐 / 和太深的悲愤”，平常人就有平常人的生活，平常人的情感。然而，诗人在这里讲的是，“让我羡慕你们 / 还是保持孤傲”？这里有价值追求的问题，生活的道路上，有两类人，“手握黄金或者箴言”，追求金钱的和追求真理的。诗人在这里说了两种价值取向，但没有明确选择，这就是讲诗歌的含蓄，答案让读者去领悟。

让时间先走

让时间先走
我要留在自己的时代
继续打扫房间、整理凌乱的脚步

让年轮产生加速度，生活的旋涡越转越快
我要越来越慢
一直退回到遥远的唐朝
让时光的颗粒到太阳底下集结

我要留在黑夜
沐浴亿万年前清冷的星光
我与时间为敌，决意战死沙场
尸骨将寒只剩一把语言铸成的剑

点评：诗人不讲通常所说的与时俱进，与时代同步这一类的话，却反过来说，要与时间为敌，要退回到过去，回到唐朝，这是什么意思呢？据历史学家研究，唐宋是中国文化最繁荣昌盛的时代，对于一个渴望文化宽容、自由、促进的人来说，北宋是最好的时代。回到唐朝，才能有李白的那种飘逸，有杜甫的那种深沉，有王维的那种空灵，有高适的那种豪迈。正如诗人所说，“我与时间为敌，决意战死沙场 / 尸骨将寒 / 只剩一把语言铸成的剑”，大唐，那是个产生英雄与诗人的时代，作者渴望大唐边塞那样的壮烈，甚至是悲情，最后只留下最精粹的语言，以此铸剑，那该是何等的坚韧有力。而这正是作者在诗歌创造和人生方面的追求。

季栋梁的诗（5首）

作者简介：季栋梁，男，1963年生，已发表小说、散文、诗歌三百余万字。出版散文集《和木头说话》《人口手》《从会漏的路上回来》《左手功名右手美人》，长篇小说《奔命》《胭脂巷》，长篇传记文学《杨兴义传》等。作品多次被转载，入选中国文学年度精选和中学语文教科书，并被翻译介绍国外。作品曾获《小说选刊》奖，《中国作家》奖，《北京文学》奖，《北京文学中篇小说月报》奖，入选中国小说学会2009年度排行榜、《小说选刊》2009年度排行大奖排行榜，三次荣获宁夏政府文学奖一等奖，荣获宁夏"德艺双馨"文艺工作者称号。《和木头说话》入围第三届鲁迅文学奖。中国作家协会会员。

一头牛的死亡过程

村子里一头牛的死亡过程
和一个人的死亡过程没什么两样

死了的牛就和人一样
脸上涂满了宁静和祥和
整个骨架和血脉像苦累了的人
一副休息的样子
皮毛比生前要滑润一些
它有病时像人一样休养过一段时日
经常劳作的人只要一休养就会表现
出与以往不同的气色来
它身上的鞭痕已经养好

它和马不同
它没有奔跑的梦
它的眼睛半睁着像人一样
它还放心不下些事情
这是个干旱的季节
谁能轻易走过和离开

一头牛死了
它的身边围着与它共事的人
像围着远去的亲人

点评：小说家石舒清写过一篇小说叫《清水里的刀子》，在这部小说里，写的是在宰牲节牛被杀掉的感受。杀掉一头牛对养牛的老汉来说其实是残忍的，心碎的，他伤心并且绝望地看着地上放着的一只牛头，因为人牛共情，互有恩待。这首诗与那部小说所要表现的有异曲同工之妙，我想，作者一定是怀着深情写下了一头牛死亡的过程，所以才会有这样的诗句，这头死了的牛“整个骨架和血脉像苦累了的人”。在中国这样一个有着悠久的农耕历史的国家来说，人们的生产、生活中，最令人难忘的场景之一便是用牛来耕地，这是大苦，这样的大苦是牛来受的，牛不是为自己受苦，而是为人受苦，所以，人要担待牛的这一份功劳，人要像亲人一样来心疼扭曲，人要像送别亲人一样送一头牛上路。

血　缘

一朵花
毛茸茸地对我笑
我给她取了个名儿
她就是我的女儿

一棵树
枝枝丫丫地绊我
我给他取个名儿
他就是我的儿子

一头牛
在草地上凝视着我
然后长哞一声
我叫了声兄弟

在土地上

只要碰到的东西
我就会想到血缘

点评：成名于小说写作的季栋梁最先开始创作的是诗歌，可以断言，如果季栋梁在诗歌写作上走下去，一定不逊于其小说创作。《血缘》一诗突破了科学意义上生命传承之纽带，将物化为人，以此认亲，以此作为热爱大地万物的参照。一朵花，只要我给它取了名字，就是我女儿，一棵树，只要我给它取了名字，就是我儿子，一头牛，只要凝视着我并长哞一声，我就认它做兄弟，进而延伸至在土地上，只要碰到的东西，我就会想到血缘，这是何等朴素、博大的温情之爱呀。这样的诗，给人温暖，给人亲切，让人变得宽容、接纳，大爱无疆，大爱无异，与世间万物平等相处。

家

美人眠于花下
英雄死在路上

一把钥匙
能打开一个房子
却不能打开
一个家

我们总遇到这样的问题：

有家的人没有房子
有房子的人
却无家可归

点评：通常来说，对于儿女，有父母在的地方就是家；对于妻子，有丈夫在的地方就是家；对于丈夫，有妻子在的地方就是家。事实上，作者在这首诗中要表达的是，有房子未必是家。家是一种亲情在的关系的总和。有家的人没房子，有房子的人没家，其实说的是一个意思。作者试图通过家与房子表达当今社会出现的一种“城市病”，让人思考是什么原因造成了这样的精神景象：家的荒凉，亲情的荒凉，婚姻的荒凉，这种反向度的表达，更能深入人心，让人扶额反思。

静　野

鹰也远去
太阳也远去
腾出一片空荡荡的天空

唯有西边的云朵
如向日葵绽开的花瓣
且大且美

点评：这是一首意象诗。类似一幅油画。与其说作者是在写静野，还不如说作者举象为标，写出了一个日落之时的灿烂的傍晚。天地呈现的大静大美人人都可能会看到，但不是人人都善于运用诗歌的语言将它再现在诗歌的文本里。至此，一个有着艺术氛围的黄昏立于纸上。

山　下

一块石头悬乎乎地立在山巅
弱不禁风的样子

少年时候
我整天希望着
它掉下来
但它没有掉下来
青年的时候
我曾经努力想让
它掉下来
但它岿然不动

现在我老了
却希望它
就那样立下去
天长地久

点评：显然，这首诗的构思有落俗之嫌，不过，它的可读之处在于，写出了人生的“三段味”，从少年到青年，又从青年到老年，人在不同的年龄段内，由于阅历、读书、经验等因素的差异，对待同一个事物会有不同的态度或想法。山顶上的一块石头对一个少年来说，充满了好奇，只希望它能自动掉下来；到了青年，他的意识里不再有侥幸，而是“我曾努力让它掉下来”，结果，它还是没有掉下，且岿然不动，看来，这是一块很大的石头。活到了老人，可谓阅尽沧桑，通看了世相，对山顶上的那块石头的态度由原来希望它掉下来变为不希望它掉下，而是换了一种希望，希望它就那样立下去，天长地久。看来的，人是没有一成不变的“希望”的，人世在变，人心在变，人的年龄在变，人的希望也在变。

杨森君的诗（14首）

作者简介：杨森君，男，偶用笔名杨迈（发表小说、评论等），宁夏灵武人。中国作家协会会员。宁夏作家协会理事。1985年毕业于宁夏大学政治系。20世纪80年代中期开始诗歌创作。1983年至今，在《诗刊》《人民文学》《新大陆》（美国）、《世界论坛报》（台湾）、《联合日报》（菲律宾）等海内外多种华文报纸杂志发表文学作品500余首（篇）。著有诗集《梦是唯一的行李》《上色的草图》《午后的镜子》《名不虚传》；哲理随笔集《冥想者的塔梯》（与人合著）、《草芥之芒》《零件》、中英文诗集《砂之塔》等。1999年、2003年分别获得宁夏第五次、第六次文学艺术作品评奖诗歌一等奖；2005年，获第13届"柔刚诗歌奖"入围奖；2006年，获甘肃省《飞天》杂志社1985—1995诗歌一等奖。2011年5月，诗歌《父亲老了》被IB（internationalbaccalaureate）国际文凭组织中文最终考试试卷采用。

习　惯

马　比风跑得快
但　马
在风里
跑

点评：这首诗得自于作者对宏观“风”与微观“马”的观察。由两个完全得当的意象写出了一种宿命、一种无法逃出命运控制的动态之势。试想，在辽阔的草原上，一场风可以说铺天盖地，无首无尾，够强大，也够庞大，但是，从风的局部看，一匹马跑在风中，并且这匹马在局部的范围内“比风跑得快”，但是，你再快，也在风中，跑不出风。台湾诗人罗门先生是这样解读这首诗的，抄录于此：“虽然全诗不到十二个字，但透过‘象征’与‘超现实’的暗示与缘发性所产生由微视到巨视的放大镜头上，竟看到人类生命存在的一个永远无法突破的氛围与一个带着宿命性的无可奈何的存在模式，譬如在势利乡愿的社会里，一般的‘习惯’上，往往你再卓越，再杰出，也出不了头。如果沿着这诗语言的象征符号向存在的终端世界探索，尚可看到人类生存在一个更为宿命与更为荒谬的模式中。那是全人类活着，都不可能不死，那么人类在跑不出去的‘死亡’里跑，跑得再风光，最后仍跑不出死亡……而这也是人类生存千万年来潜在的隐忧。”

喻一种爱的方式

一颗优秀的果子
因为怀疑它有虫子
你一层层地削
削到最后
没有虫子
果子也没有了

点评：这首诗多被当成为一首爱情诗，2015年5月被编入《现代爱情诗歌百年精选集》而且排在本书的第三位。事实上，据作者所言，写这首诗的初衷是想揭示一种生活的常识及态度，它可以被放在爱情的范畴里，也可以放在爱情之外。比如，一个上司对一个员工的态度；一位父亲对子女的态度。可能这个员工已经非常尽职了，但是上司对他有所怀疑；可能子女所想所做并没有什么错，可是父亲对他或她怀疑了。作者要揭示的无非是“怀疑不是爱的方式”，若是以这样的方式去爱，最终会失去爱的对象。这首写于二十多年前的诗曾流传甚广，大陆、台湾等地文学杂志、选本都曾有刊发、收录。作者以极为通常的一个果子为形象基点，由此演化了一个削果子的过程，通过一个动作的完成，揭示了一个可以通用到生活各个领域的方法论式的哲理。

落　果

风停了
树
还在摇
树上的果子
有的就是这么落的

点评：风停了，树还在摇，可见，这场风的威力。这里的关键在于，作者善于在自然之象上，看出常人看不出的独特意味来。诗歌虽短，但是其张力很足。树上落下的果子是事实，问题是，这落果并非风直接吹落的，而是风停之后，才落的。它们的遭遇不直接在于风，而是风的余威。余威也有伤害性，就如同封建帝制废除了，但是其流毒还在暗中蔓延；就如同，“文革”虽然结束了，但是其留下的后怕还在，还在影响着未来。杨森君早期的诗歌以哲理见长，就是因为他善于在形而下的具象上能够感受并且悟出隐含其中的哲学智慧。

列车上

傍晚时分
我坐上了开往兰州的火车
火车在旷野与丘陵之间穿行
火车拐弯的时候，我借助它
轻微的惯力

把整个身子斜靠在一位
凝视着窗外的女孩身上
我就那么一直靠着
我以为火车一直在拐弯

点评：这是一首有趣的诗，大约喜欢杨森君诗歌的人，都知道他写过一首“我以为火车一直在拐弯”的诗，据说，有人还把杨森君的这首诗编排成一个小节目在诗歌朗诵会上“演出”。一列火车在前行，一位男子旁边坐着一个女孩，女孩一直在看着窗外，这位男子多想靠近她，可是又不能太唐突，太冒昧，正好火车拐弯了，火车拐弯的时候，会产生一种惯性，这时，机会来了，这位应该是有着爱美之心的男子趁势靠在了那位女孩身上，这个理由找得极好，毕竟，这是火车拐弯造成的，最有趣的是，火车已经不拐弯了，可是，这位男子还靠在女孩身上（看来女孩也没有反对），并且以为火车一直在拐弯，所以“我就那么一直靠着”。这里面有天真的东西，也有狡黠的东西，读来不禁一笑，好玩！

午后的镜子

迷离的光线与停摆的钟之间
一扇获得了宁静的窗子变得幽暗

它构成空虚
它在我脸上衰老

旧木上的黄昏
移动着花篮悬浮的影子

我已习惯了
眼前可能掠走的一切

我在墙镜的反光里，看到了
慢慢裂开的起风的树冠

点评：2003年以后，杨森君的诗歌有所变化，他开始尝试运用多重意象表达某种情绪或者某种存在状态。《午后的镜子》的画面感就是由多个意象组构成的，你能读出一种时光流逝的味道，一种隐藏至深的忧伤。作者正是在具备了时光感的事物上，看到了万物的变化，这变化里一定包括自己，虽然作者没有明确写到自己，却让自己在一种宁静、幽暗的氛围里，从墙镜里看到了“慢慢裂开的起风的树冠”。这首诗更像一幅油画，斑驳、撕裂、悬浮、宁静，共同构筑了一个多元素的诗意场景。

红 酒

这酒不能畅饮
欢乐也是如此
如同这红色的液体
我有诸多哀愁，我有宣泄的顾虑

点评：这首诗写得直接，也写得隐忍。古人有言在先，借酒消愁愁更愁。所以，作者很巧妙地借鉴了这一说法，这酒不能畅饮，并且带出了新意，欢乐也是如此。按理，人遇欢时尽需欢，但是，作者借红酒告诫自己，凡事要适度，要节制，要有分寸感。欢乐如此，哀愁也是如此，不可无顾忌地宣泄，不可随意宣泄。短短四句，写出了作者内心纠结的复杂之情。

观察一滴水

我开始专注地观察一滴水
它悬在一根生锈的铁管下面
怎么也掉不下来
它太像一滴眼泪了
……我有意碰了一下铁管

点评：杨森君外表粗粝，内心细腻，这在诗界已得公认。一滴悬挂在生锈的铁管下面的水滴，都会被他诗意地感受到，又因其“太像一滴眼泪了”，所以，他才为了让这一滴眼泪掉下来，让这一滴眼泪得以解脱，他才“有意碰了一下铁管”。诗人内心的细腻、善良由此可见。按杨森君的说法是，诗歌是一门来不及细说的艺术，它不需要大写特写，东拉西扯，弄得像裹脚布那样。所以，他的大多数诗歌都写得短小、简约，小中见大，惜字如金。

桃 花

我实在不愿承认：这样的红，含着毁灭；
我本来是一个多情的人。
有什么办法才能了却这桩心事。
我实在怀有喜悦，不希望时光放尽它的血。

点评：从古至今，写桃花的诗很多，但是，杨森君另辟蹊径，写出了一朵含着毁灭的铁血的桃花。其实，一朵看似平常的桃花，在诗人那里，美归美，只是，由于诗人的多情，他从这美中看到了一种潜在的毁灭；一方面，看着令人赏心悦目的桃花，诗人是喜悦的，另一方面，诗人也是有心事的，他绝对担心这么美的桃花，时光必定会放尽它的血，虽然明知如此，诗人还是不忘写下一句祈福之词：不希望时光放尽它的血。

长途汽车上打瞌睡的人

我紧挨着一个女孩坐着
故意打瞌睡慢慢把头偏过去
最后整个上半身都靠在她身上

座位后面
一名陌生男子以为
我真的睡着了
偷偷伸手拍我一下

我装着被惊醒就坐起身

在吴忠到银川的途中
他一共拍过我三次

点评：《长途汽车上打瞌睡的人》是一首典型的口语化的叙事诗。如果单从诗句和语词上看，你根本找不到传统意义上的“诗意”，就是大白话，就是在写一个坐在长途汽车上装着打瞌睡的人，故意把头偏过去，最后整个身子都靠在了女孩身上。其实，每一个男人大约都有过这样的经历——“紧挨着一个女孩坐着”，也应该有过“整个上半身都靠在她身上”的念想，但至今恕我孤陋寡闻，我还没发现谁把这当作一首诗写了出来，而杨森君做到了。其实，并非我们都不心存诗意，除了不愿意表达的因素外，最主要的还是捕捉诗意的敏锐度的差别。

这首诗其实是写了三个无关的人之间的一场“戏”。一个假装打瞌睡的人把头偏向女孩，最后干脆整个身子都靠在女孩身上，叙述中，没有看到女孩有反抗，反而，坐在后排的一位无关的男人看不下去了，也许是带着妒忌或者说吃不着葡萄的醋意“偷偷伸手拍我”，居然在吴忠到银川的途中“他一共拍过我三次”，显然，“我”真的是为了这一靠，在装，装了一路。这里，无须用什么道德的标准来评价，装睡的人、让靠的人、偷偷伸手拍我一下的人，各有心态，各有戏分，演绎了一段内心隐秘又充满波澜的旅程。

父亲老了

父亲老了，他在想些什么
他的话越来越少

他坐在窗前
脸色阴沉

我真的希望
老了的是我，不是父亲

我老老的坐在窗前
看见年轻的父亲带着他漂亮的女友

到乡下看望
他年迈的父亲

点评：此诗于 2011 年 5 月被 IB（internationalbaccalaureate）国际文凭组织中文最终考试试卷采用。我一直在想，这首诗为什么会被联合国下属的一个教育机构看中。我想可能有三：第一，它的语言是通俗的，叙述平静，不刻意为诗而诗，故意弄出所谓的“诗歌的语言”，这正符合古人所说“话语通俗方传远”；第二，它较为准确地描述了一位历经沧桑的父亲的面貌，甚至在短短的交代里，写出了一位老人的孤独与心事，这心事，可能是因为儿子，也可能是因为老人的处在衰老状态下的孤单；第三，也是这首诗歌的突破点所在。因为写父亲的诗、写孝顺父亲的诗几乎很少获得这样奇崛的构思，宁愿老了的是自己，宁愿坐在窗前的年迈者不是父亲，而是自己，是自己老老的坐在那里，看着父亲带着年轻的女友归来。所以，我们常说，一首诗写得越像诗，未必是一首好诗，但是，一首好诗一定饱含了深情并且言之有物，《父亲老了》的成功之处，正在于此。

告　诫

至少在四月，我不快乐
对不起
我做不到惊世骇俗
如果放在以前，我会说：
“我没有背叛你，我只是爱上了她们。”

点评：诗歌贵在真。在这首诗中，我们无须考证“我”为什么不快乐，而且至少在四月，“我不快乐”。我想，这里一定是有原因的，只是，作者有意避开了它，只再现了一种情绪。这种留白，会给读者提供更大的想象空间。接下来，作者似乎有所暗示，却不明指——“我做不到惊世骇俗”，至于在什么事上做不到，作者又避开了，作者在设局，有意将读者引领到下面最为关键的一折里“我没有背叛你，我只是爱上了她们。”而且是放在以前说，不是现在。现在不能说，这种纠结、谨慎的心思肯定有所顾虑，有所禁忌。其实，爱与爱、爱与喜欢都是有区别的，我们被禁锢其中，出于公德的考量，我们应该被禁锢其中，在单一、专注的爱面前，必须将爱与喜欢的界限分清，否则，就真的不快乐了。

遮蔽物

我已经在雨中了。
我的周围低伏着抖动的枝条。
我走过的时候，草地已蓄足了暴力。

点评：这三行诗是有覆盖力的，仅仅三行即把草原的汹涌澎湃、生机勃发的状态写了出来，从抖动的枝条到蓄足了暴力的青草，即可看到作者感受草原原始力量的敏锐度。杨森君的写作多以短诗见长，他善于通过富有传达力的细节，为读者建构一个充满了诗意的联想空间。一般人写草原，首先会在形式上予以展开，铺排出很多意象，这样也许会提供草原景观上的多向度的元素，但是，能像杨森君这样以极简的语言营造出一个具有动感画面的草原，实属不易。春天来了，在一场纷纷而至的春雨中，大地即将复苏，枝条要褪掉老皮。连青草都抑制不住要急于拔地而起，随风飘荡。

镇北堡

这一刻我变得异常安静
——夕阳下古老的废墟，让我体验到了
永逝之日少有的悲壮
我同样愿意带着我的女人回到古代
各佩一柄鸳鸯剑，然后永远分开
十年，二十年，三十年……

一百年以后，我和我的女人
分别战死在异地，而两柄剑
分别存放在两个国家

点评：这首诗可以说是杨森君的代表作之一，发表至今，已被国内多家外华文刊物、选本广泛刊载。按著名诗人、散文家杨献平的说法是，这是一首可以写出长篇小说的诗，因其在具足了穿透岁月的时空跨度中，写了一对男女的悲情、悲壮。在古代，无论男女，执剑行天下，为王打江山，有其不得已之处。一柄鸳鸯剑，无疑是爱情之信物的象征，但是，当佩剑的男女各持一柄剑时，他们却永远地分开了，各受战令，各赴沙场，最终战死。其悲壮在于，我和我的女人分别战死在异地，两柄剑分别存放在两个国家。这说明，这对各持爱情信物的男女，在战乱之年，他们并不是在为一个国家而战，而是在两个可能是对立的国家的战事中以“敌人”的身份而不是以情侣的身份而战，直至战死。读后令人唏嘘。

九　月

一株斑绿的狼胖胖草
在脱身上的皮
它裂开了一块

——力量刚好
把一只伏在它上面的红色甲虫
弹到了一米以外

点评：作为杨森君最优秀的短诗代表作《九月》写于二十年前，即使过了这么久，这首诗的魅力依然不减。其构思之巧妙，仿佛天助，这既是杨森君观察的结果，也是大自然赋予杨森君抓住了这首诗的运气。一个人的写作，有时必须要有好运气。试想，一株狼胖胖草经历了一季的生长，终于成熟了，内在的力量催促着它，它开始扩展自己，结果裂开了一块皮，巧的是，这块皮上正好伏着一只红色的甲虫，随着一声轻轻的崩裂，这只甲虫被弹到了一米以外。这样的力度是恰到好处的，太轻的话，甲虫至多掉下来，而不会弹了出去。由此我们想到，大自然中万象万音，它们自生自灭，在我们的感知之中，也在我们的未知之内。《九月》所现，正好是诗人无意中捕捉到的充满了灵动的一幕。

杨云才的诗（2首）

作者简介：杨云才，男，回族，1965年出生于灵武；毕业于西北民院；大学期间开始学习创作，至今已发表诗歌、散文、评论100余万字，并多次获奖。1990年出席全国青年作家代表会议。1992年被授予“宁夏优秀青年”称号。有作品被译介到美国。中国少数民族作家协会会员，中国少数民族文学学会会员，宁夏作家协会学员，宁夏文学会会员。现供职于宁夏大学回族研究所。

丁香的一部分

我看见你的时候
就你一个人
站在大街拐角处的丁香树下
你的背影很有味

后来我就总向那边看
看浓了黄昏
看熟了你的黑褶裙
白色的丁香给你遮拦
白色的阳光
我举起手臂
成为丁香的一部分
给你遮拦
另外的一些什么

我就开始想象
你的眼睛
身旁发生了什么
我不知道

我终于在你面前
停下来
可你的眼睛一动不动
你目光的终点是另一双目光的起点
于是我笑了笑
从终点和起点的那条线上
退了出来

在你看不见的地方
我仍是丁香的一部分
给你遮拦

另外的一些什么

点评：丁香，又称紫丁香。有紫色，有白色。也许，丁香作为诗歌中的一个意象，含有哀怨，也含有神秘之故，在中国新诗运动之初被众多诗人写在诗中，最典型的要数戴望舒，他在《雨巷》中这样形容一个姑娘，他写道："我希望逢着 / 一个丁香一样的 / 结着幽怨的姑娘"。但是，在这首诗中，作者试图撇清丁香与姑娘的一体性，而是把丁香作为遮挡姑娘的一部分，这一部分始终遮挡着远远地站在树下的姑娘，因为在最初，因为距离的原因，我只能"想象你的眼睛"。距离最终也会因为爱慕之切，消失了，我终于可以站在了离你最近的距离上，只是，遗憾的是，姑娘目光的终点不在我这，所以，我只能有尊严地退出来，即便如此，我也不能破坏掉对姑娘的美好想象，如此，我宁愿是丁香的一部分，在你看不见的地方，衬托你的美，护佑你的美。

老教授

老教授住五楼
老教授不在乎一楼穷二楼富
老教授不在乎三楼四楼住干部
老教授不在乎五楼六楼搬迁户
老教授用高脚杯品酒雅酒
老教授靠在藤椅上
闭一只眼
懒散地盯小拇指

盯小拇指上的蓝宝石戒指
老教授不在乎六楼的青年教师跳什么舞
据说老教授的蓝宝石戒指
跟年轻时节
市长女儿举办的一次舞会有关
可老教授的妻子不是市长的女儿
老教授的女儿总找不到工作
就待在五楼吃老教授
老教授有空就给她讲舶来的故事
老教授有很多出类拔萃的帅学生
那些学生坐在老教授的书房里
老教授不在乎有几个是来找他的
有几个是来找他女儿的
老教授不在乎是否给他们倒了茶
老教授独自饮咖啡

老教授偶尔在女儿的卧室里
见到那小子写给女儿的求爱诗
老教授和他的女儿住五楼
老教授不在乎阳光怎么君临阳台
老教授不在乎风向怎么忽然转变
那小子是老教授最喜欢的学生
老教授忽然觉得
那小子很像自己年轻时的模样
老教授想该跟那小子握握手了
老教授知道女儿对那小子很好

市长的女儿当初对老教授也很好
老教授当初没有勇气把蓝宝石戒指
戴到市长女儿的手上
如今蓝宝石戒指都四十年了
四十年还闪闪发光

点评：这首诗曾在20世纪80年代末在大学生诗坛广为流传，以致后来成为大学生诗歌写作中的一个流行性样板。应该说，这首诗是新世纪中国诗坛最早的口语诗歌之一。在这首诗中，作者没有故意运用“诗歌的语言”写作诗歌，而是通过口语化的形式活灵活现地写了一个超凡又实在不能脱俗的教授的优雅。教授拿高脚杯品酒，教授独自喝咖啡，教授坐在藤椅里，教授会盯着戴了四十年的一枚蓝宝石戒指想自己的心事。一段往事总会在教师盯着蓝宝石戒指看时一再重现，是后悔？是怀念？是遗憾？还是依然对市长的女儿暗自牵挂？作者没有也无须明说，只是以这样的诗句给教授的一段往事做了注解：“如今蓝宝石戒指都四十年了／四十年还闪闪发光”。

杨华东的诗（6首）

作者简介，杨华东，男，回族，1965年1月生于宁夏灵武。中共党员。1980年就读于灵武一中；2002年至2004年参加中央民族大学研究生班学习。自20世纪80年代中期开始学习创作至今，已在区内外报纸杂志发表诗歌、散文、杂文数百篇。现任灵武市委宣传部副部长、市文化旅游广播电视局书记、局长。宁夏作家协会会员；灵武市作家协会常务理事。

幽会的奢侈

那波里的灯光
昏暗着
一杯颜色如墨的苦咖啡
在轻音乐的伴奏下
攀升

点评：读这首诗，要看清题目。这是写一对人幽会，但不直接写人，而是落笔于咖啡，并且着意点出是苦的，正在升腾，这就有意味，让人联想许多。一对幽会的人，他们的心情该是怎样的，有着什么样的心思，这升腾的咖啡似乎已经告诉了我们一些。昏暗的灯光映衬着，轻音乐伴奏着，但人其实游离于这些东西之外，因为人的心思恐怕不是来欣赏音乐的，更不是无聊地来打发时光的，这里有故事，值得玩味。“攀升”两个字也要细细品味，为什么用攀升呢？是冲了咖啡没有搅动？太烫没有喝？没有心情喝？这里有等待？有沉思？有话却无法说出？总之，短短的一首诗，透露出许多信息，并不简单。

写给一个人

把你的名字写在手上
然后闭上眼睛
在她悄悄走近我的时候
感觉心里戛然一下
是我在心悸
还是你在舞蹈

点评：诗作写一个人的秘密，是关于爱一个人的，但是并不想让人知道，知道了就不叫秘密。所以，当“她”走近“我”的时候，心里自然会悸动，这是人的本能的反应。但是，诗人还怀疑是“你在舞蹈”，是哪一个人让“诗人”心动？究竟是什么让人心动呢？诗作不明言，这样就含蓄有味。人之一瞬间的心的悸动，往往的确就是诗歌产生的因子，诗人要善于捕捉这因子，因为它稍纵即逝。爱一个人是个人的事情，爱的体验是独特的，自己心里如何动，如何想，别人不是心知肚明的，但是这种感觉体验用语言又是难以说清的，一两句话也许你觉得太线条化，没有血肉，但是本来这就难说，说多了太露骨，不说太严实，只好让读者去揣摩。

无 言

昨天　我谦虚
今天　我谦虚
终于有一天
我发现
我不能再谦虚了
那是因为
我再谦虚就是不谦虚了

点评：这首诗是讲怎么做人的问题。做人讲低调，做事讲高调。但是任何人、任何事都讲个“度”，适度是好的。孔子讲：过犹不及。儒家的中庸之道并非全不好。过分的谦虚就是虚伪，这话并没错。诗人的警示让官场中的人应该牢记，那些答尔丢夫式的人还是少一点好，因为生活需要真诚，伪装是可憎可鄙的，一切的假面具都不应该出现于人的眼前。诗作直白，但哲理是有的。诗歌来自于生活，常常挂在嘴边的话可能就是好诗句，诗并不神秘，也并不远离生活，能说出人人都知道的话，用诗的语言，这就是平中见奇。

溺爱的尴尬

墙外的苹果枝伸进了院落
枝梢上的苹果个头一天天长大
数量一天天减少
我不忍心摘去最后的一个
我告诉我的孩子
那个最大的苹果有毒吃不得
孩子哭着说
我要吃有毒的苹果

点评：溺爱会养成习惯，习惯会成为深入骨子里的意识，自然会想得到不该得到的东西，这就是人性丑陋的一面。诗作巧妙地设喻，以果子喻欲望。生活中许多欲望是可怕的，有害的，但是得不到的东西人们总是想得到，也就顾不得危害了。孩子们不懂事，不能善解人意，倒也无可厚非，但是大人们往往也是这样，就值得深思了。贪念不能断绝，谁之过？大人们有错，教育有错。尴尬事小，犯罪事大，溺爱的结果往往是这样的，不能不引起我们的警觉。孩子哭，还可能寻死觅活，这时，大人们手足无措了，可悲可叹。一“哭”字，显示了诗作的力量。

感　觉

再漂亮的画子
也是画子

贴着画子的墙
依然是墙

点评：你就是你，我就是我，不要觉得你有什么超越人的地方。一个人要正确和准确地估量自己，认清自己的本质，这是非常必要的。不要把画子当成墙，也不要把墙当成画子，这就对头了。但是，实际生活中，许多人把自己摆错了位子，错位现象不少见，这是社会的病症，是要治愈或根除的。诗人以冷静的心观察这个世间，清醒地认识到了物的表象和本质的不同，这是可贵的，尤其是对于混迹官场的人来讲，更应有这一点，要时刻记着：你不过也是如此；他不过依然那样。也是，依然，平平常常的字眼，但有不平常之处。

等 待

我一直在等待
直到发丝花白眼袋里储存一世的
沧桑

点评：在这个尘世里，一个人可能有许多的不如意，当然这种不如意也可能是他的幸福，因为幸福与快乐是个人的体验和感受。等待是不是一种不幸或幸福呢？且不去管它，这里，诗人写到等，这就足够了，而且等到“发丝花白眼袋里储存一世的沧桑”，这是无奈的，也是执着的，这里有坚毅，有苦难，有深深的爱。倘若没有这一点，就没有了等，就会以结束一切的方式结束一切。生命是一个过程，我们都要学会领受一切，这是我们人的作为，人的责任。人不能脱离这个尘世，人就得有隐忍的品格。爱到如此，可见人的心性，这样的人是值得敬重和羡慕的。诗作只有一句话，但是分量不轻，意思不浅。

杨春礼的诗（7首）

作者简介：杨春礼：回族，宁夏灵武人，1972年生；中共党员、银川市诗歌学会会员、宁夏作家协会会员；从事文学创作多年。1994年作品《墓碑》获武汉陈列馆优秀奖；1995年《牧羊的诗人》获《青年月报》优秀奖；1996年，作品《爱之海》《爱之路》获首届“渤海杯”精短文学大赛二等奖。此后，作品陆续在《吴忠文苑》《星星》《文艺天地》《现代生活报》等报纸杂志发表，并有作品入选各种文集。2007年，出版诗集《生命是棵树》。现供职于宁夏灵武市园林场。

十一月，站在洁白的大地上

十一月，正经历着一场大雪的困惑
今夜没有远方
雪与雪缠绵我找不到月光宝盒
寒冷与静默相守

十一月
允许了一棵披着白风衣的树
与另一棵树重逢
一只鸟与另一只鸟相依
十一月呵，站在洁白的大地上
到处是我的忧伤

点评：十一月是个寒冷而又寂寞的季节，诗人的寂寞只能靠“雪与雪缠绵”，诗人内心的取暖只能依靠树与树重逢。诗人的内心是孤独的，忧伤的。他要想找到解脱忧伤、孤独的突破口，在这样一个寒冷的冬天，诗人只能凭借雪、树、鸟。这些原本鲜活的物像不仅没有减轻诗人的孤独忧伤，反而再一次映衬了诗人内心的忧伤。诗歌的语言简练，直接，抒情也是一气呵成，诗歌的意象形象生动。对于十一月，这样一个特殊季节的描摹，诗人运用他独特的笔触应该是写出来了。十一月，有十一月的色彩。

贺兰山

一个部落雄起
在贺兰山下展开盛世长卷
历史如一只飞不过顶峰的苍鹰
千百年之后，俯视王者星罗的墓群
贺兰山呵，拔地入云
一座王者的丰碑屹立塞上

点评：写贺兰山的文人墨客可谓甚多，诗人以高空俯瞰的笔调，写得大气磅礴，不仅写出了贺兰山的伟岸高大，而且同时也提到了贺兰山底蕴深厚的历史。贺兰山在宋、辽、西夏，乃至元代，一直是兵家必争之地，也是宁夏这个塞上江南的最佳屏障。贺兰山的雄起，它见证了宁夏的贫弱到富庶，让人一直觉得神秘的西夏古国，也使得贺兰山更加的神秘，诗人在赞美贺兰山的高大雄伟的同时，也没有忘记西夏古国“王者星罗的墓群”。诗歌的外延很宽广，如果意象再丰富一些，抒情再浓烈些会更好。

夏日的叙述

一个人始终没有攒够
水木灵州九十平方米的楼钱
我听着杜鹃的埋怨
夏日的热浪，一浪高过一浪
掩埋不住，午睡的鼾声
此时的阿米儿还在庄稼中
安顿着体弱多病的禾苗
几只麻雀死守着一树绿色不放

渠东的苹果园
正在艰难地忍受着内心的青涩
村口的商店门前，围着几个成熟的男人
在一个棋盘上拼喊厮杀

这个夜晚，人们顾不上月亮的矫情
聊天的聊天，唱歌的唱歌，猜拳的猜拳
打扰着一个燥热的夜晚
把我从失眠中吵醒

点评：这首诗歌的叙述是朴素而又直接的。显而易见，它的特点就是叙述。好的叙述诗在于叙事的简洁有序，这首诗基本符合这样一个特点。诗人的焦虑很多，除过攒不够买楼的钱的忧虑，还有很多，因此诗人从酷热的庄稼地，一路娓娓道来，写到村庄，写到村庄的下棋者写到唱歌、猜拳的人，这些人的陆续出现，就为引出诗人是寂寞的，清醒的，我一直失眠，这些嘈杂的声音也能将诗人的失眠吵醒。

回　家

天忽然暗了下来
我发现一些树和整块的玉米地
向着相反的方向奔跑

点评：每一个人最不容易忘记的就是回家的路。诗人在最大众化的题材上，从新的视觉角度来重新描绘“回家”，给人耳目一新的感觉。这个回家没有写过多的“囧途”，也没有涉及个人情感的悲欢离愁，只写当时回家的急切心情，可以用“归心似箭”来形容。诗人在表达回家心情急切时，没有直接去写，那样诗歌的神秘、含蓄就荡然无存了。而是先用天气做铺垫，然后是后退的玉米和树。这样的委婉恰到好处，也能很好地表达归心似箭的情感。用语简洁，但充满诗意。

启 示

我已经从你的命运之中得知
我们相似的命运在不经意间模仿
真不应该知道期限和结果
这被一再复活的草木举起的尘世

那一刻只因为安静，因为
不堪负重的灵魂背上
沉重和指责。这是一片
已经选择落下的叶子

把那具表面完美的肉身
安放在被黑暗缠住不放的子时
以梦重生，以重生引渡光芒
村庄和树木不过因你存在而存在的记号

心灵的万花筒，正迷失着自己
你看那荒芜的心灵，欲念丛生
我早就学着他们，用泪水欺骗良知和无辜
也曾引经据典宽恕堕落

把心放纵已是一错再错
那就把它禁锢起来，顺便堵上
泪水的出口，盲目些，再盲目些
眼睛里深藏着太多的诱惑

为什么放不下对你的贪图
这世上没有绝路，为什么还要难为自己
坟墓里真静，外面一片喧哗
让人顾不上祈祷和忏悔

点评：这是一首写自我忏悔的诗。人之所以忏悔，就是因为在这个尘世里，人作恶太多，心灵得不到自我饶恕。诗作正反映了这样的现实。诗作所写的是抒情者从草木的生长得到启示，认识到存在的价值和意义，从而省察自己："你看那荒芜的心灵，欲念丛生／我早就学着他们，用泪水欺骗良知和无辜／也曾引经据典宽恕堕落"。的确，世上的人，总是放纵欲望，经不起诱惑，总是在没有绝路的情况下，跟自己过不去，这是人的统病。诗歌的结尾写道："坟墓里真静，外面一片喧哗，让人顾不上祈祷和忏悔"。这样加深了主旨，表明世上的人总是为了所谓的生计面而忙碌，少了应有的祈祷和忏悔，这就将现实社会的不完善不干净的一面写了出来，留给我们警觉。诗作的语句有新鲜之处，批评深入，直达骨髓，能将深刻的哲理融进字里行间去，给人启迪。

访清水营古城

清水营，在我们到来之前
一定知道了我们要来
沿一截土长城远远拦住我们
在荒原上摆好了沧桑这是一座废弃已久的城池
残垣中，盛满冬日少有的静

地上的瓦砾和青花瓷的碎片
卧在荒芜的蒿草中
隐瞒了曾经的繁华和喧嚣

我轻轻蹲下的时候
城墙上飞起一只喜鹊
对于这座古城我了解甚少
只捡起几片图纹好看的青花瓷的碎片
做一些猜想

点评：这首诗写得俏皮。写古城堡、古城墙、古瓷器的诗作不少，大都写沧桑之感，这首诗也如此，但写得新鲜。首先用拟人的手法，写清水营知道我们要来，用长城拦住我们，并且在荒原上摆好了沧桑。这种切入的角度选择得好，一下子将我们带到了那远古的时代，比那些直接来描述荒凉苍茫之景要高明得多。接下来，写“地上的瓦砾和青花瓷的碎片／卧在荒芜的蒿草中／隐瞒了曾经的繁华和喧嚣”，这种巧妙曲折的写法，化难写为简单，让人联想丰富，达到了诗歌含而不露的效果。面最后，写我做一些猜想，正切合了现实生活中的人的身份，因为我们对历史真相的了解本就是漆黑一团的。诗作写得合乎情理，不故作玄虚高深，语言朴实无华，却给人历史的厚重感。

雷阵雨

你看不见我体内的闪电

照亮蛇一样的裂痕

你看不见我胸膛里的天空
堆积起的乌云

你看不见我枯干的心肺上
被火焰舔过的庄稼

你看不见我坚毅的眼神
闪烁着光芒

你看不见一个骄傲无知的少年
在他的眼睛里，什么也没有

你看不见我的泪水里
隐藏的雷阵雨

点评：这首诗写得大气、壮烈。诗作以人的口吻，向对方陈述。读完了这首诗，我们分明看到了一位勇士、战士、烈士、狂士的综合体，他有热情，有骄傲，有坚毅，他所具有的精神力量，可以傲视一切，可以摧毁一切。但是，他也带着伤痕，带着别人的不理解，所以，这首诗是一个英雄的独白，是呐喊，是内心孤寂的渴望。诗作能把我们常常看到的雷阵雨做这样的诗意的描绘，体现了诗人敏锐的观察力的独到的思考力，联想充分而巧妙，思路开阔而内敛，将景物形象塑造得丰满而生动，既抓住了外部性，也注重了精神内涵，结合紧密，天然成趣，引人深思。

杨贵峰的诗（7首）

作者简介：杨贵峰，回族，中国诗歌学会、宁夏作协、宁夏诗词学会会员，银川市文学院院聘作家，银川作协理事。作品发表于《宁夏日报》《华兴时报》《诗刊》《诗选刊》《朔方》《黄河文学》《中国报告文学》等报纸杂志。著有文学作品集《走在乡愁的路上》，长篇叙事诗《心恋如歌》、诗文集《诗意塞上》，合著散文诗歌集《故乡的年轮》。《灵州文苑》杂志特邀编辑。特邀编辑多部文学作品集。参加2009年中国70后诗歌高峰论坛暨银川诗会、2010年中国衡山诗会、2013年鲁迅文学院少数民族文学创作培训班。

假如你的春天没有我

风声岁月，辗过这一季韶华
也许，时光会无情斩断青春的尾巴
但生命从未降低飞翔的姿态
也许，岁月的沧桑刻在脸上

但我从未停止追寻，无怨无悔
也许，生活的脚步零乱
但只要有梦想，就会有希望
向往春天，让一纸诗草无眠

久候不久，再久也只是一生的短暂
假如你的春天没有我
我会在深夜搭起一丛诗意的篱落
等待诗情燃烧，梦想绽放
假如，你的春天没有我
我将在冬天播下一粒种子
让它，长出春天

一直坚信，你在远方为我久候
远方不远，再远也远不出我的视线

点评：诗歌是感情的产物。诗人有着对生活的强烈的爱、渴望和追求，所以诗人能正视生活中的时光流逝、人生遭遇和个人追求，有着生的眷恋和执着，他热情地赞美春天、希望和梦想，并表示会不停止追寻。诗中的“你”可以是故乡、可以是祖国，也可以是自己所爱的人，诗人相信，只要付出，就会有收获，就会赢得春天。我们感受得到诗人的感情按捺不住，他的落笔不是直接说自己如何，而是以对对象的倾诉为切入点，拉近了诗作与读者的距离，亲切、自然、真诚，让人心荡神摇，内心感奋。诗作富有哲理，“远方不远，再远也远不出我的视线 / 久候不久，再久也只是一生的短暂”，让人看到诗人汪国真的影子。假如如诗中所写，那就是诗意的生活，愿诗人生活如此。

亲近一块石头

躺在河滩上的沙石堆上
我从未如此亲近一块石头
放在手心里的鹅卵石
被河水的激流摸平了棱角
它也学会了世故和圆滑

然而，石头的重量在于内里的坚硬
我就如一块粗糙的砂岩
用一颗易碎的心
眼羡着一块生了锈的顽石
身体里含着铁

点评：诗人从平凡入手，关注的是河滩上的石头，首先以物喻人，赋予鹅卵石人的特性，批评它的世故和圆滑，转而赞赏石头内里的坚硬，进而过渡到自我的评价和追求：用一颗易碎的心，眼羡着一块生了锈的顽石，身体里含着铁。诗作告诉读者：抒情者是有柔软的心，有悲天悯人的情怀，外表柔弱，但内心强大、坚毅，即使像一块顽石，也要坚硬。这里我们看到了诗人的品格。任何诗作都应该充分体现诗作的教化功能，而不只是娱乐化的。诗人要避免世俗的油滑、轻佻，静下心来，将个人的感情沉入诗作的底部，不要使感情过度地张扬，而思想的光芒要通过具象化的意境透露出来，这样的诗作方才是有分量的。

在黄河落日里寻找方向

我从翠色涌浪的原野中赶来
沙漠还在远方，黄河就在脚下
我想亲近一次心中久违了的黄河落日

寻觅那曾被写入诗句的景致
何以成为千古绝唱?

我站在暮色里，黄河平静而温和
远方是一条浅浅的河岸线
我想看夕阳停留在河面上的瞬间
但她被一片云彩遮掩了
只有河面泛着红晕，闪着点点羞涩

我站在河堤上久久地凝望，回想
我突然失去了方向
此刻，河边的芦苇在水中摇摆
河水的方向是就势顺从
我的方向只有彼岸

我曾在沙漠里行走，那里的路
在目光里浓缩成方向
在脚下蜿蜒成曲折的疮痕
在沙漠里抹去我足迹的是一场风
在世间抹去我记忆的是岁月

岁月就是在这河水里流淌的时光
一茬一茬摇曳着生命，永不停息……
我在黄河落日里寻找方向
直到河岸上亮起了第一盏灯光

我该起程了，回到我来的那座城市
离沙漠不远，离黄河很近

点评：诗作的题目是：在黄河落日里寻找方向。首先描摹大河之景，进而转入思考：我站在河堤上久久地凝望，回想。这样就过渡到了对“寻找人生方向”的这一主题上来了。诗人说：我的方向，只有彼岸。每一个人都追求理想的彼岸。佛家讲：苦海无边，回头是岸。我们不是佛教徒，也不在苦海里。但，生活何尝不是一片大海？我们每一个人都是大海里的竞渡者，我们的彼岸在哪里呢？这个问题是值得深入思考的。生命不息，奋斗不止。城市里，我们少不了纷扰、浮躁、迷茫、困惑。只有亲近自然、亲近社会，我们往往才有诗的灵感，也才能找到诗情诗材，也才能赞美自然、讴歌生活，启迪人生。这恐怕就是诗人的责任。

抬头仰望，躬身膜拜

——缅怀苏轼

他的笔尖流淌着消融冰雪的深情，
那是闪烁古今的华彩。
他用豁达和耿直谱写人生的旋律，

凝练成潇洒千年的背影。
他将命运多舛的生活挥舞成沸腾的思想，
转化成意识奔涌的篇章。

我曾无数次呼唤，一次一次
心中不断呼喊着他的名字：苏轼！
那些奔涌如潮的诗词绝句，
给人心灵上强烈震撼的震撼。
那样唯美，那样耐读，那样经典……

“不识庐山真面目，只缘身在此山中。”
生活在现代文明里的我们
谁能走出这样的人生哲学？
“人间有味是清欢，此心安处是吾乡。”
谁能冲破这传承永世的乡土情怀？
“相顾无言，唯有泪千行”
是他带走了的哀思，留下
“但愿人长久，千里共婵娟”的祝愿，
他有着“惊涛拍岸，卷起千堆雪”的豪壮，
满怀“老夫聊发少年狂”奔放
也无奈于“高处不胜寒”的苍凉
内心的孤寂是一首悲鸣的挽歌，
沉郁、豪壮、正直、豁达
留下完美的表述，这就是苏轼，
他的理念，他的思想
在不经意间，已成为不朽的绝章

他是一张洁白无瑕的宣纸，
轻如羽翼，笔墨散香，
留下的却是名垂史册的画卷；
他是一杯清水，历过俊秀的山河，
在大海的浪潮中洗礼，
呈现在我们面前的是一杯浓酽的茶酩
他是朝廷的高官，政府的要员，
却情系百姓，与庶民同心，
从不卑躬屈膝，趋炎附势。
他是人民的公仆——苏轼。
他的名字散发着千年的茗香，
溢出诗风词韵，沁满心田。

五千年的文明，我们古老的国度
造就了许许多多伟大的诗人
孕育出无数不朽的诗词
然而，苏轼只有一个
苏轼远去了，还有他的诗词
还有今天的“三苏”文化
面对苏轼，回眸历史
我们遨游在他用文字编织的
意境与梦幻中，此时
唯有一句话可以表达
那就是——抬头仰望，躬身膜拜

点评：这是我所见到的评价苏轼的最全面最高大最华丽诗化了的

评论。苏轼的功绩和为人自由历史学家去评说。但是，诗人的用意是借人言志，表达的是自我的追求。诗人渴望传承民族文化，弘扬时代精神。对苏轼的“抬头仰望，躬身膜拜”，让我们看到诗人有梦，有大志，有追求不朽的情怀。诗人也正在用自己的灵气、才气编织着自己的理想。这首诗还有值得称道的一点是能将苏诗中的名句串起来，既概括了苏轼的诗词特点，也说明了他的精神和思想，借古论今，其中还含着对时事的批评和世道的企盼。这样的诗作思路开阔，内容广博，有思想的广度和深度，可见诗人读了不少苏诗，对坡公有深入的了解和理解，而这也是写好历史诗的关键。

岩画浮生的思绪

一

我就在此停止
迎接我的是传闻中神秘的“太阳神”
在我之前还有人驻足
贺兰山如此巍峨
富有神韵的岩画
与石万古

二

岩画到底美在哪里
画个圈圈就是女人
立个杆杆就是男人

那些不断出现的动物的图腾
史前人类交媾的图纹
让我的心在震撼中激荡不已
岩石里藏匿着深刻的内涵
我感受着一种物质的本源
还有人类精神世界的萌动

三

我开始怀疑太阳神的智商
但他仍旧伟大而神圣
现代文明正乘着火箭前进
可人类文明的进程
似乎已在漫长的岁月里迷惘了很久
如果是在远古时期
在那个生殖崇拜的时空里
以现在的年龄
我已经死去很多年了

四

山还是山，岩石还是岩石
一切都未变，又都在改变
这个世界物质和精神都在改变
时空改变了，没有改变的
只有男人和女人
原始的艺术家随时光远逝了
他们伟大的作品还在

沉寂的岩画像一首不朽的诗歌
读者进化了上万年
它依然神秘而不朽

点评：这首诗是一篇带有对贺兰山岩画评论性的诗作，政论色彩明显。唐诗以写景造境见长，宋诗以议论说理见长，这首诗就有宋诗的特点。这首诗写了贺兰岩画的神秘、内涵和影响。第四节显然最好，有哲理，有诗味。“山还是山，岩石还是岩石 / 一切都未变，又都在改变”，这样的句子让人联想很多，是啊，变与不变，这是人世永恒的真理。“读者进化了上万年 / 它依然神秘而不朽”，其实我们是进化了千万年，但我们未必能懂得千年不变的真理。贺兰岩画的神秘自不必说，只说人心的神秘，我们就无法以最清楚的语言说出。读岩画，就是读人心；人心乖张，岂能读得懂画中意蕴！我以为，当今诗当与哲学结合，诗化的哲学就好，起码许多诗是这样的，也是应该如此的。

诗人远去了，诗歌还在

——纪念诗人海子

那一年，我只有十六岁
我素未谋面后来又甚为敬重的兄长
年仅 25 岁的生命
多么短暂，多么珍贵
却如流星般陨落
像诗中描述的那道“幸福的闪电”

耀眼的灿烂凝固在永恒的记忆里
心痛、哀叹、惋惜
心灵上的震撼，久久不息……

诗人啊，假如你还活着
愿你的人生和诗歌一般璀璨
时刻面朝大海，享受春暖花开
你就做夜空下平凡的星辰
哪怕暗淡一些，可以随时仰望
忘却记忆，忘却忧郁
因这一份钟爱，为诗歌而活
活在过程里，无论生与死
活在现在，不管幸与不幸
活在未来，不管快不快乐

天地间没有重生，没有轮回
人生就如同一根划着了的火柴
闪烁光芒，燃烧自己
诗人的使命，应该是
用诗歌捍卫人格和尊严
以诗情画意展示个性和风采
此时此刻，我只想说：
诗人远去了，诗歌还在
海子远去了，还有被他所唤醒的
诗歌的未来……

点评：这首诗是一篇诗歌的宣言。诗人不只是赞美海子，更重要的是宣扬诗歌的意义和诗人的责任。有人讲：诗歌是语言的精灵。我并不喜欢这样的评语，诗歌应该更是精神的化身。诗言志，志是什么？志是人心、人伦、人情、人道、人性。诗人激情澎湃，无法抑制思想的光芒，就是想让它光射四方，照亮人心。诗人用火热的心唱起幸福的歌儿，让我们看到了诗的希望、光明和辉煌。当然，正如诗人所言，诗人可能会“如同一根划着了的火柴 / 闪烁光芒，燃烧自己”，这应该就是诗人的献身精神，也是诗人最大的幸福。我们赞美诗歌，赞美诗人。那些一切鄙视诗歌和诗人的言行都是可悲可怜的。当然，诗人倘若能使自己的感情沉下去，使感情的张力更大一些，当会使他的诗作更有嚼头，这是诗人许多作品共同的特点，优点和缺点同在。

空　巢

一只高处栖息的鸟
向往更高更远的地方
一棵枯树，它曾枝叶茂盛
一个空巢，它曾孕育生命
这世上所有青春的鸟
能飞的都飞走了，只留下
一棵枯树，一个空巢

天空无限苍茫
只有一个空了的巢

黑乎乎地悬在那里

点评：读完了诗，我们会想：空巢，它的象征性的含义是什么？它是家园吗？是我们精神的依托吗？或许它还是我们心底的那份思念。诗作很含蓄，诗的主旨并不告诉我们，但却让我们有丰富的联想。一只鸟，向往更高远的地方，就会抛下原有的依赖，这是可贵的，又是可叹的。人类社会里，我们往往会为了理想，凭借他人的力量达到目的，但往往又会很快地忘却前有的那种力量，这是人自然的选择，也是人社会的属性，人是自利性的动物，并不奇怪。诗人的用意是对那空了的黑乎乎地悬在那里的巢寄寓了无由的亲近之情，好像就是遗失于苍茫天地之中的一个人，一个曾经做过一些有益之事的人，现在让人心生恻隐之心。诗作选材细小，于不起眼的东西中，能发掘出诗意来，有功夫。

沈莅欣的诗（6首）

作者简介：沈莅欣，原名沈立新，宁夏灵武人，1976年出生，先后在煤矿和新闻媒体工作。1994年开始文学创作，有小说、散文、诗歌及新闻作品发表近百万字发表，系宁夏作家协会会员。出版作品有：诗集《生命心语》、长篇小说《人间情事》。现供职吴忠日报社。

与海子的部分对话

海子缘何在夜里找到了路径
受伤的水流向哪里　断愁的刀
埋伏于菊花　裸体的火焰奔涌
春风幸福地歌唱 在山海关
幻觉的长势像你忧伤的诗篇
1989年3月26日　是谁贴近你的耳腔
那些破土而出的语言　那些诗神

那些走动的山和水　那些经典
那些不容侵犯的石头的贞操
那些照亮天空的火柴的温度
成为疼痛的感觉
带着诗歌上路
死亡扶起真实的
脆弱　沧桑深陷于脚印
坚硬的月光被夜歌刺穿　夜歌
破碎了痛苦的自己
还能感受我们的庄稼小鸟和突围的汉字吗
海子　逃出时间的海子
今夜　只有你的夜歌芬芳
唯一的路径走向菊花与火焰
血液宁静　上帝无言
躁动的花朵阻挡了冬季

海子　带上诗歌上路
深陷此夜　是太阳的埋伏
太阳　是杀手还是词语
本质的明亮展示着命运的钟声
海子　燃成火焰的海子
穿上阳光的风衣　想象
已经回到最初的分娩鲜花的土地
抚摸故乡文字的棱角与音质
上路　带上最后的诗歌

带上一天的一半
带上一年的一半
带上一个世纪的一半
带上宇宙的一半　上路
火焰在后边　酒杯在梦中
最后的鹰　向着远去的善良和清澈
骨头的遗址留给怀念和祭奠

点评：海子的死让人唏嘘不已，也给人很多启迪。诗人显然有独特的体验与感受。这缘于对海子诗作和为诗献身的认同，也缘于诗人对生命和生活的认知。诗人讲：本质的明亮展示着命运的钟声。这就揭示出海子生与死的精神实质。诗人对海子之死不只是从一个偶然事件中得出评判，而是从展示诗人的灵魂出发，揭示出海子死亡的文化符号的意义，让我们看到“菊花”“火焰”“夜歌”“鹰”等等意象的象征性含义，那就是一种民族精神永存的不屈，那就是一种人生完美追求的执著，那就中国知识分子批判力量的坚定。我们怀念海子，更要高扬诗歌精神大旗，为诗歌呐喊。诗作的语言新鲜，有高度的概括性，有很强的穿透性，有很强的张力，感情和思想的表达深沉有力。

青海湖

是谁　把一块宝镜遗失在这里
谁的心事在这镜中翻滚
又是谁将这桩心事永恒地保留

蓝天白云群山草原牦牛
以及飘扬的经幡
那是与谁的呼吸在呼应

风　在眼中
浪　在心中
扑向远方的蓝色
描绘着自由的风景此时西王母在何处
是否还有仙女轻轻飘起

要么忘记世界
要么遗失自己
别寻找那想象不到的彼岸
心里那么多纯净的想法无处表达
有没有一支吸管
让我一口饮尽

点评：诗作一开始将青海湖比作宝镜，宝镜的比喻并不新鲜，以为是他要写景。但接下来诗作却写的是心事，这就与他人不同。诗作的着眼点独特，这就有识见。诗作写的是美好的心事，纯净的想法，写景是为了达意服务，景虚情实。景物描写上，从大处着眼，并不具体细腻，但因为诗并不是以写景为目的，所以思路走得远，写到了西王母，写到了具有人格化了的湖的想法，最后诗人想“有没有一支吸管／让我一口饮尽”，这就是表达了对美好事物的向往。从这首诗中，我们看到了诗人内心世界纯净、自由、美好的一面。诗歌从来都是诗化的生活的反映，也是生活诗化的反映，生活中并不缺少诗意，但生活不等于诗，诗人善于从点点滴滴的感受中将诗情诗意扩大，这就有了好诗。

布达拉宫

山是圣山
佛是大佛
远古的信仰超越了
亿万次磕长头的膜拜
布达拉宫
集纳着纯净的心脏和灵魂

摇着经筒的老阿妈
用皱裂的脸庞
指认太阳和月亮
红装黄衫的小喇嘛
在信仰的路途中念念有词
游人丢失了困顿
历史使他们沉醉
圣山还是圣山
大佛还是大佛
拉萨第二普陀山的高度
修饰出一个民族的力量

我似乎感到
布达拉宫的诵经声
伸向天宇

点评：信仰永远都是行动的力量。“圣山还是圣山 / 大佛还是大佛”，这是不可动摇的。诗人对藏区教民“磕长头的膜拜”的描述，体现了诗人关注生活的虔诚。诗要写人，特别是要将人的本性的力量揭示给人。诗作善于摄取生活情景，写了摇着经筒的老阿妈、红装黄衫的小喇嘛、丢失了困顿的游人，当然还有抒情者本人，突出精神的特质，让人性最充分地展露，让信仰的力量最完全地暴露。使游人沉醉的是信仰，还是信仰下的人的行动，我们无从辨识，可能这二者是统一的。也正因如此，我们才能感受到“布达拉宫的诵经声／伸向天宇”，但愿天神保佑，使苍生幸福！“亿万次磕长头的膜拜”的确震撼人心，倘若是浩浩荡荡的队伍，那更是壮观了，诗作能把大场景写成短小诗，这也是诗人功力的体现，题目为“布达拉宫”，但却不直接写布达拉宫，因为神圣的宫殿召唤着人，人往上磕头膜拜，最后到达宫殿，这是曲折之法，是诗作巧妙的地方。

缘　分

没有宇宙
星辰有什么意义
没有时间
季节有什么意义

没有天空
云彩有什么意义
没有高山
流水有什么意义

没有春雨
花朵有什么意义
没有秋风
落叶有什么意义

没有声音
低语有什么意义
没有温柔
拥抱有什么意义

没有寂寞
夜色有什么意义
没有爱情
诗歌有什么意义

没有你
我有什么意义
没有我
你有什么意义

点评：谈缘分，往往流于宿命论。其实，世间万物，相依相存，你中有我，我中有你，诗作揭示了人间一普遍真理。诗作的优点是能从自然、社会、人生三个方面选取物象，提炼出富有含义的问题来，通过整齐的排列，以复沓的形式，让人感受到诗歌的节奏感和音韵美。内容上，层层深入，由自然到人生，告诉读者认清依从的对象，明确各自的位置，晓得担当的角色，做好自己的事情，显然，诗人心中是有大爱的，这种爱体现了人性中的包容性。诗人善于发现物与物之间的关联性，兰心蕙质，比如：没有寂寞 / 夜色有什么意义 / 没有爱情 / 诗歌有什么意义。这样的句子新鲜，能言他人所不能言，深沉的哲理蕴含其中，读来让人浮想联翩。

往 事

我在一条皱纹中
找到岁月

我在一段岁月中
找到哀愁

我在一方哀愁中
找到月色

我在一片月色中
找到温柔

我在一缕温柔中
找到爱情

我在一段爱情中
找到泪水

我在一滴泪水中
找
到
你

点评：诗作构思十分巧妙，通过层层深入，环环相扣的方式，就像剥茧抽丝一样，最后让我们看一位历经沧桑、满目忧患、充满爱意，心有期盼的“你”，这样来写人，丰满充实，一点也不简单。诗人善于画路线，让人沿着通幽曲径最后走到最美之处，看到奇妙之景。在那花丛深处，读者仿佛就看到一位柔弱的女子，眼角挂着泪珠，一脸哀怨、忧愁，对着人充满了渴望，让人万分心痛、万分依恋。这样的诗，画面感很强，“画难写之景如在目前，含不尽之意见于言外”，有情趣。生活，给了人种种的烙印，苦的，痛的，伤的，忧的，爱的，恋的，我们每一个体的心都在为之所动，而诗人就是把这一切最生动的部分展示给予我们。

爱　你

只要有爱
没有月光　也可以浪漫
没有酒杯　也可以沉醉
没有脚步　也可以远游

朝朝暮暮的温柔不一定长久
被珍惜的爱才可以长寿

如果失去比得到更容易
我们为什么要得到
如果得到比失去更容易
我们为什么要失去

——爱你多么动感的词组
我们失去语言功能后
什么可以代替
什么可以表白
什么可以传述

点评：爱情是诗歌永恒的主题。这首诗重在讲对爱的认识，议论性突出，有哲理性思考。诗作写爱，写许多人写过的爱。对爱的表达，各有各的独特，能写出一点和别人不一样的，就是成功。爱是人头脑中的东西，外在的因素有影响，但忠诚和感激会坚定一个人对爱的最终看法和实践。一个人有了爱，就学会了包容，所以人们讲没有恋爱过，没有结过婚的人，缺乏包容心，我没有调查研究过，但想来大抵不会错。有了包容，我们可以忽略爱的许多阻挠、障碍，为了爱，不是有许多青年男女献出了忠诚吗？但是，重要的一点是当爱不再可以表白后，正如诗人所说：什么可以代替。显然诗人是想告诉我们这一点，但诗人不能明说，我们只能去用心揣摩。

陈丽娟的诗（4首）

作者简介：陈丽娟，女，汉族，宁夏灵武人。大学毕业。现在灵武市文联工作。

茶马古道

我漫步在古老的有些陈旧
的石板路上
纳西人熟悉的眸子
又一次刻在了我的心里
悠然恬淡
古朴中透着深邃

一块石砖就是一段文明
一块砖石就是一段记载

那是纳西族人智慧的象征
走在茶马古道上
千里走单骑
跃然眼前
让人似乎又回到那个
驼铃声声的年月
繁盛的商贾之地

点评：岁月可以塑造一切，也可以摧毁一切。久远的茶马古道，久远的马队，久远的古砖，虽然鲜活地呈现在人们的面前，可是那些被历史尘封的记忆，那些在古道上流传的佳话，那些活在人们记忆深处的英雄豪杰却只能渐渐淡出人们的视线。诗人通过古道、石砖、驼铃一些特定的意象，让想象的翅膀飞翔于遥远的失落的文明，有淡淡的感伤，有追忆历史的沉重，诗歌在有限的字里行间，制造了极大的想象空间。让读者去揣摩、感受、想象、思考，这也许就是诗歌的独特魅力。茶马古道是由眼前的所见所闻，看似在写历史，其实是在鞭策今天的我们。

滇　池

滇池
多么令人向往的地方啊
五百里，五十……
千万游客光顾于此
一切都在黯然销魂中等待

那是个锁定我情感的地方

也是让我重新拾起记忆的地方啊
一足一步一回首

点评：滇池，有很多文人墨客都已写过，诗人却另辟蹊径“五百里，五十”，“千万游客光顾于此”，这将滇池的繁华热闹利用蒙太奇的手法，全部给大家展现了出来。而诗人本是游客中的一份子，但却让自己置身之外，让自己的感情尽可能的放大，放宽。所以，才有了过去难忘的时光和现在的情感叠加，让诗人产生幻象。诗人对于情感的表达是含蓄婉约的，这样就有了“一足一步一回首”。诗人的触景生情也好，对给过自己美好回忆的“老地方”也罢，此时的感情是真实的，也是依依不舍的。

堡子里的影子

这是一座并不显辉煌的堡子
古老、沧桑、原始
在中国的西部崛起
是智人的杰作
勾起人的无限向往

哗哗流淌的辘轳
沉重的碾子
古老的纺车

记载了一个时代的光芒

在酒作坊里
我似乎闻到了酿酒的清香
在米粮店里
我看到了原始的量斗

在典当铺里
在绣楼里
在油坊里
返璞归真的气息
染指在每个角落

中国电影的崛起
打造了一个堡子
而一个堡子
把中国电影推向了世界
这是一种幸运
更是一种神灵的赏赐

目睹着“文革”服装
似乎让人又回到了
那个蛮荒的时代
牛鬼蛇神的批判
麸子面，窝窝头，各种杂粮
竟也让人回味

手持着毛主席语录
从未有过的心情
沉重而凄惶

破旧的煤油灯
昏黑的窑洞
挂满了金灿灿的苞谷
乡野气息充斥在堡子里

岁月是轮永不泯灭的太阳
堡子里的点滴就是
古老西部的一个缩影它
融入了一个时代的梦想

对着堡子我们只能
驻足叹息
天下熙熙皆为利来
天下攘攘皆为利往
活着就有活着的理由
这座堡子就是一个
时代的开端和结束的缩影

透着夕阳下的光芒
我凝视着
久远的堡子
一座孤独但不孤单的

西部靓影

(2009年10月6日与家人游玩西部影视城有感)

点评：全诗给人的感觉是开阔的视野，全方位的角度，看完整首诗歌，就如看了一部纪录片，它从封建社会的刀耕火种，到今天的科技进步；它从“文革”时期的颠倒黑白到今天的给个开放，每一诗歌元素都给人们诉说着历史的沧桑巨变，每一个诗歌场景都在展示着今天新中国所取得的光辉成就。诗人在借助诗歌精练的语言，不仅仅是在描述堡子里中国电影的开始、发展、崛起。同时也是通过电影的发展向人们在展示中国的发展，崛起。这个堡子不过是中国社会的一个小小缩影。

月　影

月是花的影子
人是魂的影子
而我却是空无

天阴了
好像要下雨的样子
却没有星稀的光影
信天还是信命
我一无所知

骤雨初歇的夜晚

我知道了什么叫成熟
沉稳就是一种力
与其光照
不如借助光的一瞬

去拷问自己
走，还是留
或许只在刹那

点评：人生多困惑，也就面临多抉择。世间各象之间必定存有某种联系，可见的未必就是真相，那看不见的也许正持握着我们的命运。谁又能说清月不是花的影子、人不是魂的影子呢？这首诗中的“空无”用得好。看实相，明法道。人间万物于人而言，是有，也是无。所谓“应无所住”，其实就是暗示人们放下。我既空无，何必持物？拷问自己，不过是想整明白自身困扰，不过是想印证自己的空无观。

段怀颖的诗（6首）

作者简介：段怀颖，祖籍陕西神木，1957年7月出生，1983年毕业于宁夏大学中文系。获文学学士学位。先后在灵武回中、交通局、市委办、自治区文联、共产党人杂志社、宁夏对外文化交流中心等单位工作过。20多年来在《诗刊》《星星》《诗选刊》《西部文学》等刊物发表文学作品150多万字。作品多次获奖。出版诗集《蓦然回首》、散文集《季节的帆》、《穿越孤独》，主编过《临风的泥香》《遥远的蓝》等散文集。系宁夏作家协会理事。现供职于宁夏回族自治区党委宣传部。

河边的衰草

只有老牛记着它
惊悸的鸟儿不在此栖落
微风吹过

把柳絮缠到一个新娘的头上
那天新郎很生气
竟然把酒杯摔碎了

新娘的梦很甜
她把一束柳插到河滩
从此这里有了打鱼的人
和树下卖瓜的人聊天
用合适的价把老牛买了去
那个冬天很冷
地上有长长的裂缝

点评：诗人关注的不只是惊天地、泣鬼神的大景，而是最质朴最常见的生活小景，并以最朴实无华的语言，写出了一位新娘美好的愿望和追求，那就是“她把一束柳插到河滩”，不过，诗人巧于构思，行文有曲折，故事有波澜，前面有铺垫，后文有亮点，前后对照鲜明，就像是一篇浓缩的小说。诗作虽短，但是有故事，人物的性格特点和思想意识表现了出来，那就是生活中对真善美的渴求。生活是美的，但美在行动，美在创造，劳动永远是最美，只有劳动才能改变我们的生活，这就是诗人告诉我们的。

很野的山洞

因为有刺悬挂在那里

几百年它依旧那样
蛇蝎和野兽相居无事
生自己的孩子
喝自己的美酒

因为猎人的出现
刺成了灰烬
从此兽皮就铺在圈套里
有一年山洞坍塌
猎枪兽皮和不为人知的故事
全埋在里边

许多年过去　枯死的根
又发了芽

点评：世事难料。人间的事，往往不全以人的意志出现和改变。人创造着一切，也可能毁灭着一切，或者说人的欲望往往就是陷阱，就是毁灭人类的根本原因。诗人以最深入的观察和体悟，告诉了我们一条哲理：贪婪永远都是罪恶的渊薮。当然，诗作也是有曲折的，那就是结尾写道：许多年过去　枯死的根 / 又发了芽。生命的轮回在这里得以体现。这就意味深长，让人沉思了。诗人似乎还告诉我们：时间抹去了一切，又会创造一切。《周易》讲生生不息，讲否极泰来，诗作在一个故事的叙述中融进了许多的哲理。

杜甫草堂

好重好重的岁月　推开后
看见芦苇和蒿草编织的梦
一股遗憾的风刮起
荒地上长出绿绿的笋青青的苔
无数的脚步走过
绕过绿笋
绕过黄昏
把几杯飘香的老酒洒在地上

无奈的叹息在茅草间滑过
远处山青树绿
到处雕刻着令天下惊奇的诗句
不见宫殿楼阙战车大马
线条里舞动的霓裳
月下笛声动听悠远
尽管有些凄凉浸透悲意

点评：诗作永远都是情绪化的产物。诗人观景有感，正所谓“情动于中而发于言”。历史是多么沉重，让后人有深深的遗憾，有无奈的叹息，但是诗人并不直说，而是选取了许多意象，实中见虚，虚中藏实，用含蓄的语言表达了深长的意味，读来确有一丝历史的悲凉。历史是人心中的历史，这是历史学的名言，一个人对历史和历史人物的看法，都会带上个人的主观感情色彩，而作为诗人，当有悲天悯人的情怀，当是个忧郁敏感的人，当是个有忧患意识的人，观象而得意，此之谓也。

望江楼

成都望江楼,曾是唐代女诗人薛涛吟诗作画的地方,楼前薛涛井,曾因制作薛涛笺而出名。

早就枯了　井深很难看见底
丢进小石　里面飞出小鸟
看井壁看挑檐看修竹
全浸在绵绵不尽的诗里
芳草地被竹荫尽情地濡染

苍凉的月常听冷泉独吟
难觅到粉红色的诗笺了
竹林里有人倚窗深思　楼上有人弹琴
浸湿的衣襟卷起一段恋情
锦江水流何处
一叶孤舟把楼的愁绪带走

点评：铅华洗尽繁华。薛涛是一代名妓，也是一代艺人。她的故事很多，也少不了许多历史的伤感。诗人不直接写人，而是从“薛涛井”切入，一开始就给人一种历史的沧桑凝重，然后铺展开来了极力地渲染，所见的客观的景物都深深地染上了悲凉之意，这也正是“一切景语皆情语”。诗人说“一叶孤舟把楼的愁绪带走”，其实，这一叶孤舟又怎能把楼的愁绪带走呢？我们分明看到一个脸带愁绪的薛涛正在楼门前眺望呢。诗作写到楼也是愁的，诗人有独到的感觉，诗人是有心的，有真正的感觉的。诗作最妙的地方还在于“竹林里有人倚窗深思　楼上有人弹琴／浸湿的衣襟卷起一段恋情”，这样的构思，虚虚实实，是说今人呢，还是说古人呢，读者自去领会。

但丁故居

三百年后　依然感到痛苦
忧郁像晨风扩散在每一个角落
地上的方砖已失去棱角
但丁在高处深邃的目光向远处看着
这种定式凝聚着特殊的思考
看雪花落在教堂的顶尖上
太阳站在潮湿的山上

阿尔卑斯山流下的雪水很冷
这座小楼的屋顶几乎没有雀类
那些厄运及梦魇已变得锈迹斑斑
莱茵河畔的琴声传到这里
来者都用手抚摩他的步履
小心地走过让他的灵感美丽地游曳（弋）

点评：读但丁的《神曲》，是应该有痛的，这种痛是来自于对人类命运的思考。但丁正是以这种心灵写作的。诗人面对但丁的故居，不是直接从人物切入，而是从一名游客的内心感受切入，开宗明义，一下子就揪住了读者的心：三百年后，依然感到痛苦，忧郁像晨风扩散在每一个角落。是的，如果在但丁故居前，没有感受到痛苦，没有忧郁的心情，就不能真正地读懂到这位伟人的内心。而伟人的那种痛苦，那种忧郁，也像是疾病传染于历史，只不过只有那些灵魂高尚的人才能真正感受得到。诗人显然是感受到了，所以他“用手抚摩他的步履 / 小心地走过让他的灵感美丽地游弋”。当然，人类前行的脚步是不能阻断的，所以“那些厄运及梦魇已变得锈迹斑斑 / 莱茵河畔的琴声传到这里”。对于美好事物的追求，人类从来都没有停止过。

醉酒的诗人

门前的树枝再没有雀巢
皱裂的皮鞋缺了　油在窗台上晒着
有一把伞斜挂着
正好挡住了墙上的威尼斯水城

好久没有了诗意
有一杯酒曾把诗稿濡染
醉眼里看草帽飘到尼罗河里
于是惊呼好香的麦子好甜的香瓜
伸出手揽住扭动的炊烟
早年的恋人丢失的羊鞭
从渔船边拥来　忍不住
端起麦酒就着烙饼和水城的士兵碰杯
有泪水溢出　浸透了枕边的刺绣

点评：诗人喝醉了酒，眼里的景物自然少了一些理性，更多的是感性的东西。但是就是这些平常的景物，可能在诗人的眼里，就有诗意。诗本来就不是贵族化的，绅士化的，而是平民化的，生活化的。诗作前后语句看似可能缺乏一些关联，但是显然内在的逻辑并不是没有，那就是对生活的眷恋，对往事的回想，正因为如此，所以诗人“眼里有泪水溢出”。自古以来，酒与诗就没有缺少联系，李白斗酒诗百篇，酒助诗兴，诗助酒兴，酒让诗人醉，诗更让诗人醉，只不过诗句大多会让诗人忧伤或痛苦，倘若想起曾经的恋人来，那更是摧折肝肠的。可是，面对这种忧伤或痛苦，诗人往往还装作平静或快乐。

段怀君的诗歌（6首）

作者简历：段怀君，男，汉族，中共党员。灵武人。高级建筑工程师，自治区建设工程评标库专家。政协灵武市第九届委员会委员，中共共产党灵武市第三次、第四次代表大会代表，灵武市第十五届、十六届人民代表大会代表。多年从事历史文化文学研究工作，先后出版了散文集《故乡旧事》《故乡春秋》和诗集《故乡吟韵》，并主编了《灵武园艺试验场场志》，文学作品集《珍藏的时光》《岁月的风声》《果林吟韵》，科研文集《芬芳的果树园》。多年来发表文章达150万字。曾供职于灵武市城乡建设局、公共事业管理局、劳动人事局、社会保障事业管理局、房地产管理局、灵武园艺试验场、灵武林场。现供职于银川市林业局。

梧桐树

一棵树不见了
但是，因为一棵树得名的村庄还在
农忙时节，田间里是弯腰耕作的农民
他们中有人立起腰身向我这边张望

我是来看梧桐树的，可我什么也看不到了
在长树的大风
是一个焦木与灰烬的树坑
据说，这棵神奇的树被人放了一把火烧了
这样算来
它活了一世，死了两遍

难道可以放过生
不可以放过死吗

点评：生，何其艰难；死，又何其壮烈！一棵树的生与死，显示了世间一些不可理解的无奈、痛苦。“难道可以放过生／不可以放过死吗”？是啊，人世间的恶行表现是多种多样的，只是我们常常视而不见。人类的愚昧、无知、麻木、贪婪都使生活和生命带上了污秽和沉重。诗作以小见大，巧于铺叙，最后的发问振聋发聩。想一想，世间有多少生命不是自然死亡，而是被一些歹毒的念头戕害的。放过生，似乎是易事；放过死，却是难事，这就是人间的乖戾。诗人是来看美好的梧桐树的，却生出了痛苦的责问。面对这样的责问，谁能给出答案呢？

一只鸟

不是想飞多高就能飞多高
不是想飞多远就能飞多远

一只鸟的行程
自它一出世就注定了

点评：诗说鸟，其实也是说人。人，不能逃脱人的宿命。就像俄狄浦斯王不能逃脱弑父娶母的命运一样，人的能力是有限的，这是人来自于人自然的社会的属性。一只鸟，即使再能飞翔，也不能飞出天空；人的头上也有天空，那就是道德与法律，此之谓“青天”。人与生俱来的困境有许多，比如死亡，比如西方所说的原罪，比如爱恨情仇，比如悲欢离合，世间哪一个人能逃脱呢？正因如此，人要正视自己，正视自己的命运，正视自己的困境，那种逆天而行的做法，肯定是会折断翅膀的。诗作简短，但理趣是有的，这样的诗作值得提倡；诗人们应该追求言简意丰。

灵武二道沟岩画

这些渐渐模糊的日月、牛羊、树木
被什么样的人
刻在石头上
突然想起了一句话

石虽寿，风吹尽
那么，这些岩画
将在未来的某一天一定会消逝
我必须提前接受这样的事实

点评：不错，时间会改变一切。世上的人、事、物都免不了被时间永远地删除。诗作以简明的语言阐述了一个道理，妙在的是构思：首先提出一个问题，然后联想先哲的话，最后说“我必须提前接受这样的事实”，“提前”用得好。诗作还告诉了我们预定的不幸的结果，这就是要我们珍惜这些岩画，提前做好保护。字里行间可见诗人有尊重、珍惜、叹惋的感情。诗作还注意了前后呼应，如“某一天一定会消逝”与前文“渐渐模糊的”遥相呼应，这样就严谨了。诗虽短小，但还是看出了诗人用心了。写短诗，语句的锤炼从来都要是要重视的，可以说需惨淡经营。

我看见一只美丽的蝴蝶

我看见一只美丽的蝴蝶
在果园里飞来飞去
没有风吹
没有孩子追逐

多么轻的一只蝴蝶啊
它还年轻
它不像我眉头紧皱
满怀心事

点评：这首诗写得灵巧，真好。诗作其实写得不只是蝴蝶，而是人。年轻真好，不谙世事真好，没有纷扰真好。人世间，我们看到了感受到了生命的重负，太多太沉，我们都渴望活得轻松，可是这很艰难。但是诗人是有美好愿望的，所以才说“它不像我眉头紧皱 / 满怀心事”，蝴蝶的“轻”与我的“重”形成了鲜明的对照，读来让人联想很多，让人叹息，让人伤感。诗歌是有力量的，和音乐一样，从来都是展示灵魂、表达情感的东西，一切漠视诗意的心思都是粗鄙低下的。记得一位诗人说：诗人的灵魂是高贵的。我相信。

小　草

小草也是有心的
每次走过园林
每次踩过小草
我都会这样想

有心的小草
如期归来
如期归去
就这样生生世世

我有小草之心
报得春晖一束

点评：谁言寸草心，报得三春晖。小草是可敬的。大地赐予我们人类的东西太多太多，我们都应怀有一颗感恩戴德的心，可是我们常常忽略了这一点，我们常常不够宽容大度，起码面对小草，我们太过高傲。可是小草还是会”如期归来／如期归去／就这样生生世世”，生生不息，周而复始。诗人有小草之心，既是自勉自勖，也是自谦自励，真是可敬的。倘若我们每一个人都有小草之心，我们的大地必将是春光明媚，绚丽多彩的。诗作语言平实质朴，没有华丽的装饰，但让人看到了真诚自然。

为了迎接春天

为了迎接春天
树木安静地承受着冬天带给它的寂寞
果子落了，看似树空了
鸟飞走了，看似树失宠了
不会的，那都是必然的
也都是暂时的
每一棵树都忍着、挺着
它们不会轻易自己放倒自己

点评：是的，世上的人“轻易自己放倒自己”的太多太多。这句子一出现，就会震慑人心。诗作写树，还是以物喻人，这种象征性写法是诗歌里常见的。但是，它是新鲜的，用词上有深思熟虑，比如“安静地承受着冬天带给它的寂寞”，这就写出了树的品格，树的精神，后文里“都忍着、挺着”，呼应相衬，建立了内在的逻辑关系，构思是严谨的。诗作将诗人对自己和对他人的告诫写得如此生动形象，是值得称赞的。思想教育工作中，一切说教式的假大空，不如这样的好句子给人启迪的力量大，这就是诗歌的教化作用。

洪立的诗（15首）

作者简介：洪立，男，60年代出生。灵武人。宁夏作家协会会员。从20世纪80年代初开始创作诗歌至今，已在《诗刊》《青年文学》《山花》等全国各大报纸杂志发表诗歌近百首，并多次获得过各类诗歌大奖。宁夏作家协会会员。现居家写作。

雨　后

路过一个池塘的时候
我见一块没打响的雷
掉在水里

我真想抱回家
去炼铁呀！

点评：能把声音写出形状，这就是诗人的高明。20世纪80年代洪立就是宁夏青年诗人里的佼佼者。虽然生存的环境并没有给洪立提供更为充分的阅读条件，但是，洪立却一直在诗歌里浸淫，从没有离开过诗歌的熏陶。据我所知，洪立不仅眼光毒，能从各类诗歌刊物、诗歌集子中分辨出哪些是质量上乘之作，哪些是偏离了诗歌文本的伪作。这一点对一个写诗的人来说，至关重要。读有营养的诗书，才能汲取到匹配的营养。洪立曾说，一个诗人首先必须给自己的写作把关，不能把不好的东西拿出去发表，不好的东西拿出去发表，那是败家子行为，只会败坏诗歌。这首《雨后》正是他的把关之作，他给了雷声一个这样的单位——块，仿佛雷声是可以拿捏的，果然，他就是要写出这样的效果，一块没响的哑雷居然掉在水里了，咋办？诗人给出了一个解决的办法，我想抱回家，去炼铁！多么浪漫的奇想，多么朴实的天真呀！

一匹马在夜里嘶叫

一匹马在夜里嘶叫
它的叫声抖出一生的草料

月亮一样的马匹啊！
一缕鬃毛也能擦出呼啸

在天空神往的大地上
一匹马被一捆草点燃
整个夜空，红光闪闪

点评：这匹马已不是现实中的马了，而是作者想象中“月亮一样的马匹”，是一匹向往远方，向往奔跑的马。当然，也可以理解为，这匹马，其实就是作者梦想与愿望的化身，作者可能正是想通过这首诗，写出自己压抑在内心的梦想，借马喻己，托马圆梦。所以，才会有这样一匹马——当它嘶叫，必有话要说，它不甘于仅仅变为一个靠饲料为生的“吃货”，是马，就该驰骋在草原上，是马，就应该以鬃毛之风与大地擦出呼啸声，是马，就应该以奔跑之姿，横贯夜空。

酒瓶里的声音

我把一只瓶子放在沙丘
它像一只耳朵听着风声
又像一只眼睛瞅着天空

沙的声音，魂的声音
它旋转出天的呼应
映射出地的昏晕

一只眼睛，一只耳朵
它长在荒漠身上
会拥有所有的白天与黑夜

如果它无法产生鸟鸣与树林
也会浸出汗一样的潮湿

点评：沙漠中的一只瓶子，也会令诗人浮想联翩。一只空瓶子，一只曾经装过谁的瓶子，现在空了，放在无水的沙漠中。它为什么会像一只耳朵听着风声？它为什么又像一只眼睛瞅着天空？作者是将自己的念想托付于一只在沙漠里经风一吹即发出呜呜作响的瓶子。从作者对一只瓶子的“处境”的描述看，更深的一层便是，作者其实写了一种有渴望的孤独，无盼头的指望，所以，他才会以幻想的力量，借以安慰自己，给瓶子安排一个命运，说不定哪一天下一场大雨，灌在瓶子里，奇迹出现了，因为瓶子可能会因此长出一棵小草，也可能会长出一片树林……

多　想……

一朵云从头顶飘过
我多想把它披在身上
好感受一下天空的干净

我从尘世中走来
扯着风的手臂
我多想让它把我的皮扯掉
得到一次灵魂的洗刷

我多想像一条鱼一样游进大海
我游进天空
从这边喊一声
那边就有了回音

点评：我从尘世中来，身心必受尘世影响。当一朵云从头顶飘过，作者首先想到，尘世与天空相比，天空是干净，我应该到一个干净的地方，感受一下，这是在写尘世之累，写对尘世之累的一种叛逃的梦想；这还远远不够，我从尘世中来，除了想把云披在身上，我还想扯着风的手臂，让风把我的皮撕下，这句之狠就在于撕下，撕下意味着这张披在我身上的皮太过结实，近乎根深蒂固，它束缚了我，束缚了我的灵魂。所以说，这是一首渴望走出去，渴望到新的领域脱胎换骨、找到知音、还原我本来面目的诗，毕竟，尘世强加给了我让我的身心无法获得充分自由的各类枷锁，只有挣脱，方可新生。

我多么希望花开得和天空一样

看一朵花开得很疼
看一片花红得发晕
花开得只剩下花了

在一朵花下
我葬下飞鸟
我想让花也开出飞来
让花开出鸣叫
开出清醒与透明
开得什么都没有了，忘记一切

在我成长的路上

我希望花开得和蔚蓝的天空一样
和美丽的灵魂一样

点评：洪立的诗写得干净，率性，但又不直白。他对语言的过滤能力实实在在是一个好诗人典范。他不东拉西扯，他不七拼八凑，写什么都将自己的描述定位在单纯里。一朵花开得只剩下花了，这还不行，我要在花下葬小鸟，让花也像鸟一样发出鸣叫；我还要花开得像蔚蓝的天空一样，整个罩在我的头顶。借物寄情，托物言志，在此被洪立写得随意、真诚。我们也由此可以断定，一个充满了爱心与向往的诗人，他总是用一双爱的眼睛观看着一切，想象着一切，描绘着一切。

正午的河边

这里空气停留
阳光在树叶上打坐

一只羊弹着身上的盲琴
一把镰刀咬着青草不放

大地叫着正午的疼

这里来自天堂的那种水声
越来越清　越来越亮
是想象中的女孩在河里洗浴

我的脚步
咋就这么轻呢

点评：正午的河边是美的，是弥漫的，是有故事的。阳光、空气、树叶、盲琴、镰刀、女孩等元素徐徐展开，在各自的层面里散发着诗意的气息与光芒。这一切被诗人看到了，感受到了，如此静美的正午的河边，有人间气，有生灵气，不能惊动，不能唐突惊扰一束坐在树叶上打坐的阳光，更不能冒犯在想象中站在河水里洗浴的女孩，所以，我的脚步必须是轻轻的，轻轻地经过河边。

一股风

一股风
揪着谁的头发
往空中提

一股风
挟着路边的大树
朝远处跑

一股风
背着春天的雨水
朝山上走

点评：一首缺乏想象的诗是苍白，同样很难有艺术感染力。《一股风》的成功之处在于作者大胆的想象，合理的想象。这股风是力量的象征或者说本身就是力量。作者对风的感受极为大胆又不失艺术规则许可内的夸张。只有体验过大风的人，才能更好地领会这一句：“一股风 / 揪着谁的头发 / 往空中提”，其实，这首诗只取第一节，就成功了，就已经写出了一股风该有的气魄了。

深　秋

田野的底版被风抽走
只留这么几张：

一匹马站在塬上
烫红云彩

一群羊拾着干柴
点亮河水

一朵野花洗着身子
准备回家

一只黑鹰贴在天上
展开双翼
不能上也不能下

点评：洪立有诗才，此作便是明证。这是洪立短诗中最为传神的一首。它通过四重意象，步步为进，写出了一个辽阔、斑斓、高远、宁静的秋天。尤其结尾一段：一只黑鹰贴在天上，展开双翼，不能上也不能下。这句简直棒极了！读到此处，人不由得想抬起头来看看天空。这就是艺术的魅力，诗歌的魅力。

乌　龟

这只从水的门缝里
爬出的乌龟
背着太阳像个小偷
偷出了千年不变的河水

我站在距这只乌龟
高一米七八的眼睛里
窥视它

它不往前爬行
用一生的慢
移动着河的背影

点评：洪立善于在自己熟悉的场域里寻觅诗意，他凝视他熟悉的，他思考、想象他熟悉的，他从小就住在黄河边上，这像一份天生的营养，所以，他的诗歌里总会频繁地呈现与大河、树木、飞鸟、鱼虫相关的意象。

当一只乌龟爬到他的面前，他感受到的是乌龟的谨慎与小心翼翼，但他直接写，而是把乌龟比作一只背着太阳的小偷。这首小乌龟是幸运的，它无意间爬到了诗人的眼里，而且是距离它一米七八的眼睛里，虽高高在上，但是，诗人不伤害它，而是看着它背着一条大河的背影，慢慢前行。

小鸟伤心

小鸟伤心的时候
它不想叫了
连它飞的时候
也不回头

它想飞向天空
可天空一片渺茫

小鸟伤心的时候
好像我家受委屈的孩子

它眼里的泪水
含着清纯的光

点评：说实话，谁会留意一只伤了心，委屈的小鸟呢，恐怕只有诗人了。诗人是敏感的，细腻的，他能以超乎常人的眼光打量这个世上的一切。显然，诗人在写这只小鸟的时候是怀有爱怜，藏着心疼的，要不，他为什么看着伤心的小鸟想到自己受了委屈的孩子呢？关键还在于，在诗人的眼里，小鸟是纯洁的，无辜，不能受到伤害的，不能让它伤心的，你看，伤心的小鸟即使在伤心的时候流下的眼泪也是含着清纯的光。

一匹马在夜里喝水

在夜里喝水的马
如一块淬火的铁

它在慢慢散发
浑身的热

点评：这首诗可以被看成是洪立精美短诗的代表作。形象、生动、传神。这一定是一匹精良的马，一匹在白昼里驰骋于草原上的马，一匹跑到尽头跑渴了的马，当它归来，主人取水饮马，它在慢慢散发着浑身的热，居然被诗人形容得如此贴切！把一匹马形容为“一块淬火的铁”这就是洪立的贡献。有位外国著名诗人说，一个诗人一生能贡献一个意象，他就是了不起的！不夸张地说，洪立仅凭这首诗，他就可以悄悄地傲视群雄了。

该占的都占了

天空的房子
被太阳占了
树下的阴凉
被羊占了
熟了的麦子
被镰刀占了
一河的清水
被女人占了
该占的都占了

而我坐在向阳的山坡上
看一只鹰
是怎样把一个炎热的夏天
驮走

点评：秋天了，大地变得开阔的同时，也完成了一年的积蓄生长，到处都被塞得满满的，天空被太阳占了，树下被羊占了，麦子被镰刀占了，一河的清水被女人占了。但是，也有一处空地，那就是一面向阳的山坡，诗人坐在山坡上，正享受这辽阔与夏天消失时大地的空空荡荡。其实，这空荡里也不空，诗人看到一只远去的鹰，驮着一个炎热的夏天走了，这只鹰，这只渐渐缩小的黑点，就是季节的一个句号。

窗外的麻雀

这些麻雀
捧着树叶在朗读
我怎么也听不明白
它们在读些什么
阳光在不住地笑

这些麻雀
将空气吵晕之后
就各自飞了
我说，这些上帝的
傻孩子呀！

点评：这首诗写得调皮至极，即使你不明有什么哲理，也会被诗人的奇思妙想所折服。诗人以自我的主观判断来看待麻雀，读树叶，吵晕了空气，多么有情趣，有动态感，让人感觉到了无比的喜悦。这种意趣正是诗歌所追求的。诗歌并不是都要有深刻的哲理，诗的类型很多，这种打趣的写法也是值得赞赏的。倘若我们以物作人，诗人心中是不是也有对孩子们的调皮的喜爱呢？孩子们当然无所顾忌，可以大胆地去做事，大人们要包容。至于麻雀捧着树叶朗读，这样新鲜的句子不能不说诗人写出了一群麻雀叽叽喳喳的情态，诗人想象力如此，可赏可赞。结尾说“这些上帝的傻孩子”，这就把小麻雀给予了最充分发挥的尊重，高扬了生命的可贵。

落　叶

它们在秋色里
带着最后一片红晕
在风里颤了几下
然后　飘落

那一瞬间是带点声音的
好像谁打了一个耳语
松手又不想分开

那是神谕的风
把着秋天的脉搏

一片落叶　又一片落叶
大地布满倾听的耳朵

对着大山我喊、我喊

对着大山我喊、我喊
喂、喂、喂
山上的石头也喊
树上的老鹰也喊

它们喊过之后
就醒了，就飞了

可是，我还想喊

点评：写落叶的诗很多，但像这样别致的少有。诗人从个人独特的感受出发，写树叶的下落，但以灵动的想象展开。写树叶下落的情态，诗人以人格化的写法进行，带着红晕，带点声音，打着耳语，虚实结合，妙趣横生。诗作如果只是这到这儿，还不足以表现出预定的忧思来，诗的后半部分，写“大地布满倾听的耳朵//对着大山我喊、我喊”，喊什么，诗人还是不能说，但我们可以想象，喊秋来了，喊风来，喊我们回家了。喊的意义在于写出了秋到来的凛冽，到来的急速，到来的不可忽略。喊是豪迈的，喊是生命力的张扬。这样的喊，使得“山上的石头也喊／树上的老鹰也喊”，天地之间万物相应，就连人们恐怕都要喊。那么这样的一种带有力量的举动会给人什么呢？当你站进秋风里，你会有所发现的。

捉在手里的一只麻雀

捉在手里的一只麻雀
我一直未能放松

但这是命呀！

它小小的心脏
如一块炭火
在不停地抖动

就在我欲松手的一刹那
它“突”的一声飞走了

点评：将小小的麻雀捉在手里，在诗人这里就有特别的意义，诗人说这是命，这种宿命的看待，别有深意，可见这样的意义来自于现实的施加。尘世里，我们有多少次，多少东西抓在手里，不是口里说着这是命吗？它的命，还是我们的命？究竟谁掌握谁的命？这都是可问的问题。诗人说出了人内心深处的真实的话语。可是，接下来，诗人还要说小麻雀就像是一块炭火，在抖动，这样写出了小麻雀的恐惧，但接着一转，飞了，一波三折，有小说的曲折。诗人善于叙述，把平常的小事赋予了人生复杂而深刻的意义，并由此能生发出许多的感慨来，比如宿命、机遇、成功与失败、得与失、取与弃这些话题大约都能联想到。

查文瑾的诗（7首）

作者简介：查文瑾，女，笔名吟秋，1978年12月生，宁夏作家协会会员。1997年开始文学创作并发表作品。作品多见于《诗选刊》《民族文学》《黄河文学》《时光之轴》《临风的泥香》《遥远的蓝》《宁夏文学作品精选》《宁夏青年作家作品精选》及《宁夏日报》等。

水的秘密

我把自己扮成冰的样子
是为了不让你看见我清透的内心
流动着什么样的语言

点评：这首诗简明而又清婉，含蓄而又雅致。在水成为冰之前，一直有个秘密，这个秘密是不能让人知道的，哪怕最熟悉的你，也不可以知道。这就使诗歌的意境突然变得十分的宽泛，诗歌的趣味性也增加了很多。那么，这个“秘密”究竟是什么呢？很显然是诗人埋藏心底，细致而又绵密的心事。样子是冰清玉洁，在这样一个纷繁嘈杂的社会中，能保持冰清玉洁的形象，再加上一颗透明的心，太难得了。诗人尽可能运用精练的语言去表达更为抽象的情感，诗人在表述上，很显然做到了这样。水的秘密，其实到后来就成了不是秘密的秘密。

把自己放进盛着热水的杯子

像一块速溶咖啡一样
你把自己放进盛着热水的杯子
快乐地冒着泡泡
你知道
这时候水的深度就是你的深度
你的颜色未必是水的颜色

点评：这是一首哲学意味较浓的诗歌，我们很多人都在社会中找自己的角色，找自己的位置，现实往往让人哭笑不得：我是咖啡，我希望被开水冲泡的样子，这种状态，我是快乐的，“快乐地冒着泡泡”。但是，我又不希望和其他人一样，我希望我有自己的本色，我有我的生活，包括其他属于我的东西。后边就有了“这时候水的深度／就是你的深度，你的颜色未必是水的颜色”。一首诗歌在成型之前，它是经过诗人再三的锤炼和打磨的，本首诗歌除了前边做足铺垫之外，更重要的是后边抖出的这个大包袱“你的颜色未必是水的颜色”，使诗歌的主题再一次升化。

某某街的某某桥

流水如烟云掩映着四季的魂
一座拱形的桥
像一弯心中的月点亮了所有的夜
一片红顶子楼
惊艳而伤感地诠释着过往的春秋

不说尘世的热闹　不想凡俗的喧嚣
依桥而立
我想象自己是一只亘古不死的水鸟
静观两岸枯荣的花草
待看晓风残月
诉说传说中的天荒地老

点评：全诗分两节，采用常见的表达手法：上节写景，下节抒情。借景抒情，情景交融。一座桥、一轮圆月及见证了岁月的沧桑，又记忆诗人的情感历程。诗歌的多元性，在此处可谓表现得淋漓尽致，等到诗人利用月亮、古桥、流水做足了铺垫之后，在诗歌的下节中，诗人这个不能缺少的主体，开始登场。“依桥而立”，桥既是风景，诗人此时也是风景，诗人同时又是欣赏风景的人。诗人由眼前的一花、一草、一水、一月，看其景，抒其情。将抒情达到了极致“待看晓风残月 / 诉说传说中的天荒地老”。诗人在通篇写情，但，又故意一字不提情，这样欲盖弥彰的诉说，更加渲染了诗歌抒情的深度和力度。总之，这是一首无法阻挡的抒情诗歌它有着含蓄、奔放的美。

在这个春天到来之前

不要如此沉默
我知道你不是假装深刻

你说风雨兼程的路你走得太多
你的内心已是戈壁荒漠
可是你要知道
我更欣赏那戈壁荒漠里迎春的花
那么昂扬　那么舒展
一如她向阳的微笑那么甜

我知道
有一种脆弱不是经不起大风吹过
也不是经不起大雨瓢泼
而是和风细雨的问候和娓娓诉说

在这个春天到来之前
让我对着风儿许个愿
愿你的内心早日漫上春色一片

点评：在这个春天到来之前，有很多心愿可期待，有很多有意义的事可去做。有很多值得等待的人可以去等待。诗人运用更为亲切自然的语言，娓娓道来，感情是真挚的，深沉的。正是这朴素的语言包裹着深沉的情感，使的诗歌的张力很大程度上得以提升。大风、大雨在此时反而没有和风细雨更具有洞穿力，更具有震撼力。诗人在人生的境遇上，没有倾斜于阳光大道，一路坦途，而是迎合了自己的心志：经历过风雨打击后的花朵开得更加美丽；不经历风雨，哪见彩虹。这是诗人劝慰朋友的，也是说给自己的。诗歌的结尾简约而又明快，诗意浓烈清新，犹如春天盛开的花朵，“让我对着风儿许个愿／愿你的内心早日漫上春色一片”。

从爱到爱的距离

从仓央嘉措的情歌
到达娃卓玛的幸福有多远
一生　也许永世

不为超度　不为来生
温柔的虔诚
只为刻骨的相见铭心的温暖
爱与恨　颠与倒
不问缘起灭缘生空
不问是劫还是缘

那一天的相见
那一世的恋
那一天的香雾与真言
一花一世界，一叶一菩提
佛无语　谁无泪

从爱到爱的距离有多远
咫尺　也许天涯

点评：这首诗歌的情很重也很深，诗歌无论是抒情还是叙述，都有一种唯美，干净的感觉，爱是不分对与错，只有愿意或不愿意。诗人在带着禅悟和修行的虔诚娓娓道来“爱与爱的距离”也许是一瞬间，也许是一世；也许是一面之缘，也许是永不相见；也许是一花一草，也许是百年千年的菩提。总之，爱的距离在诗人带有禅学意味的语言下，呈现给读者的是唯美雅致的享受。诗歌的难能可贵，就在它朴素不经意的叙述，给读者创设极大的想象空间，让读者在轻松阅读的同时，享受到诗歌共鸣带来的强烈震撼。诗歌从仓央嘉措到“佛无语，谁无泪”，到“咫尺　也许天涯”在起句或是转接都很熟练，也比较老到，真正做到了水到渠成。

随风吧

雅的艳的，浓的淡的
悲的欢的，爱的恨的
一切，都随风吧

风暖了，你就是春
风凉了，你就是秋

花就花了，叶就叶了

开就开了，败就败了

从来都没有为什么
从来都别问为什么

点评：这首诗歌的题目和内容做到了高度统一。好诗，题目就像是人的眼睛。一句看似无关紧要的“随风吧”，好像诗人看破了滚滚红尘，其实不然。随着花开花谢，内心的风起云涌，内心的波浪滔天，怎能很轻易的做到：风暖了，你就是春。风凉了，你就是秋。很多东西并没有随着岁月的变迁随风而去。而是越加清晰，越加深刻。诗歌的开头就重视语言的简练，全诗也没有创设更多或更为复杂的意境，通篇就是直白的叙述，这却为诗人表达豁达、淡定，“不以物喜，不以己悲”的情感提供了更大的便利。值得商榷的是，在诗歌的结尾如果能够留白更大些，那么对于全诗的主题应该更好。

羡慕一只虫子的勇气

即使树的心里
根本没有你的位置
你也要百折不挠地钻进去
筑巢　安家
或者幸福地守住幸福
或者轰轰烈烈地
和他　连同你们的爱情一起朽掉

我的一生
都在羡慕一只虫子的勇气

点评：一只虫子的勇气除却百折不挠地钻树、筑巢、安家，更让人佩服的是他们追逐爱情，守护爱情的决心。要么轰轰烈烈的爱一场，守住自己的幸福；要么沉默的在时间的长河里安静得连同爱情一起朽掉。多么决绝的个性，又是多么高贵的品质。其实，生活中人们正是有和虫子一样的追求，人们千百年来才为爱痴，为爱狂啊！这首诗歌的巧妙就在于诗的前半部分故意制造一个悬念，后半部分很夸张地将虫子追逐爱情，守护爱情的信念和决心表现出来。结尾诗人虽然用了一个“羡慕”，其实诗人已经将自己比喻成了那个勇敢，坚强，敢于爱自己所爱的虫子。这样一个铺垫和引喻给读者带来的就是极大的反差和震撼。很多时候，大多数人只是忽略了自己对于美和爱的追求罢了，常常以为自己没有追求爱与美的能力。如果在一个特定的时间，特定的空间，遇到特别的人，相信每一个人都会找回自己丢失的追爱或被爱的潜力。

柳元的诗（3首）

作者简介：柳元，男，1985年生。现居灵武。发表24万余字，作品被收入《世界汉诗年鉴》《中国当代短诗选》《郭文斌论》《中国校园文学作品集》《“献给母亲”当代优秀诗人诗选》《灵武当代诗人诗选》《中国当代网络诗歌年选》《80后文学史》《风的泪》等文学选本。《共产党人》《宁夏日报》《宁夏广播电视报》《新消息报》《华兴时报》《银川晚报》《固原日报》、人民网、新华网、中广网等报刊媒体多次报道。系宁夏作家协会会员。

距　离

亲爱的，说距离
我们隔了很多车，很多人
比如在这座无趣的山坡上
我们用视线与云朵交流

点评：诗歌的开头就给读者创造了一个轻松、亲近的阅读氛围，紧接着诗人展开想象，连续创设了三个跨度较大的意象：从车与车，人与人；无趣的山坡；远方的云朵。其目的都落在一点，那就是“距离”。这个距离有跨度，有空间，能够充分的调动读者的想象空间，你可以认为距离有多大就有多大。这样，也突增了诗歌的趣味性，延展性，诗歌的留白耐人寻味。有些距离就是一人之隔，一车之隔。当然，有些距离也可能是一山之隔，甚至是远在天边。

晋　祠

如果不是姬虞
如果不是千年古柏的停靠
如果不是难老泉的汩汩流淌
如果不是陈毅将军亲手所栽的白杨
如果不是你我站在连升三级的台阶上
很难断想
谁会写出这样的诗句

点评：晋祠，这个驰名中外的名胜古迹，写过的人很多很多，可是真能突出晋祠的特点，能将他的历史、典故涵盖的文章，尤其是诗歌是很少的。作者连用五个“如果”不仅巧妙的突出了晋祠的人文历史，同时也将晋祠的自然景观展示了出来。结尾的断想无疑是诗人给读者创设了一个不被人知的悬念：是谁写的诗句，写了什么样的诗句。结尾不经意的反问，一下将诗歌的主旨拔高到新的台阶。

写到山丹丹花

在宁夏隆德县一个叫莫安马湾的山村
我被一种叫山丹丹花的植物吸引
我不顾七天暴雨侵袭后即将要滑坡的崖壁泥泞
让一朵山丹丹花安静地连根拔起躺在我的手心上
我不再嫌弃世事的纷繁喧嚣
审视着这株被歌手阿宝唱出名的花儿
她娇艳的花蕊就是殷红的胭脂
她就像等待出嫁的新娘，在孤寂的山路静默迎娶
我仿佛看到了那年的母亲
父亲高歌，唢呐齐鸣
母亲顶着红盖头，一路夺目的红
心里想着朴素的念头：抚养子女，赡养老人
生个儿子，爱上山丹丹花

点评：“年年岁岁花相似，岁岁年年人不同”，同样红硕的花朵，带给诗人和读者的情感却是不一样的感受，不一样的震撼。一朵普普通通的山丹丹花，诗人看到的不仅是它胭脂般的颜色，嗅到的不仅仅是它芬芳的花香，而是利用蒙太奇的手法，穿越历史想到了漂亮、慈祥、伟大的母亲，想到了母亲出嫁时的模样，由此想到了中国千百万像母亲一样秉持“抚养子女，赡养老人”美好品德的中国妇女。诗歌的主旨是美好而又淳朴的。

徐学文的诗（5首）

作者简介：徐学文，笔名黑马王子，汉族，中国诗歌学会、宁夏诗歌学会、银川市诗歌学会会员。1964年出生于阿拉善左旗，1980年开始文学创作。作品散见于《中国青年》《读者》《知音》《朔方》《黄河文学》《华新时报》等报纸刊物。有作品被选入2010年（中国诗歌年选），2011年（中国诗歌年选），2012年（中国网络诗歌年选），2013年（中国诗歌年选）。2011年获得（读者）杂志举办的诗歌大赛一等奖，2012年获得（知音）知音杂志举办的诗歌大赛二等奖，其诗歌作品连续六期被（知音）杂志扉页收录。参加2009年“中国70后诗歌高峰论坛”暨银川诗会。现居灵武市崇兴镇谋生。

红的唇，素指向天

一

你是我一枚轻轻的露珠

在七月的荷叶上

做一次高贵的离别
你轻盈的步子
缓缓地扭过白玉栏杆
思念是我日见丰满的果实

让一河清水浣洗空旷和明亮
在篱笆上停着失语的秋天
鸟群从晚霞中飞来
这是你我无法拒绝的悲伤
这时，爱在此岸情在彼岸

二
在时间的长河里
一棵树怎会有海的颜色
在哀伤的欢歌里
千年的牛羊中间
你是我遇见的一朵白云
一行诗中写下的最初的模样

我慢慢打开从南国袭来的黄昏
用一些虚构的景致裹着对你的爱恋
只好用唯一的蓝天替换你长青的绿
我听见，爱情的声音恬淡，安然，宁静
英雄隐于草莽，风从天边吹来
见证一堆篝火的温暖

三

今夜很静，温情如烟
我袒露出纯情，映衬着古老的誓言
我该是眠于秋末的红叶
零落在你必经的小路
在你温柔的寂寞里
妖娆芳菲，红的唇素指向天
一个沉睡的名字被泪水提起
撕开夜色，我的手指无法触摸到这段苍老的时间
我漠然听见思念折断的月色
无休止地潮起潮落
夜的黑正节节退却
成为背影

点评：这是一首爱情诗，写对爱情的思念，对所爱的人的思念。诗人有着对爱或者说分离无比深切的体验和感受，对爱情充满了幻想憧憬。他一再地赞美所爱的人："你是我一枚轻轻的露珠""你是我遇见的一朵白云，一行诗中写下的最初的模样"，表明他所爱的人高贵、纯洁、美好，他喜爱倾听爱情的恬淡，安然，宁静，为之，他渴望为所爱的人做出奉献或牺牲，"我该是眠于秋末的红叶／零落在你必经的小路／在你温柔的寂寞里／妖娆芳菲，红的唇素指向天"，这些美好的句子读来让人感动，因为这是感情的力量使然。对爱的思念向来都是沉重的，所以诗人说到时间的苍老，说到"一个沉睡的名字被泪水提起"，这样的句子犹如万年的古董，拿出来，就让人感觉到价值不菲。

我的孤独托起如月的祝福

一

我的手掠过寂寞
轻轻地从月光的眸子里
剥落出树林的窃窃私语
一个有秘密的人
在大街小巷的黄昏或清晨
我的眼神成为一件无人认领的信件
很想怀抱祖国又觉得自己的胸怀不够大
于是安静地等待卸掉虚伪的人们
嘘寒问暖，把余生过得欣欣向荣

二

我随一块石头，抖了抖
诡诈的磷火照亮远去的魂灵
五月，在忧伤的身后
我的孤独托起如月的祝福
这一刻，我的眼睛看得很近
我不说假如，因为没有一刻的永恒
哀伤涉水而来，困住我的前前后后
你捎来的风早已寄往江南
我站在朔方只能吹动几缕微醺的花红

三

该用怎样的姿势与你的目光握手
那束比闪电还要强大的注目
击穿了我的眸子
潮湿的，诡异的，无可奈何的狭路相逢
依在记忆的门窗思念在吱吱作响
露珠抖落枝头回旋的乐曲
风往北吹想象着云门轻开
阳光密密麻麻躺了一地
蒸烤着花落成溪的忧伤

四

我用五月遮住月光
凉意渐次袭来
让你的牵挂与我的疼痛平行
你的眼睛告诉我
再美的谎也是虚言
地老天荒的对视轻绕花径
随草色独自醉于黄昏
那条深巷，拐角的墙壁
仍留有，有话要说的刻记

五

没有重量的思绪
无法更改昼夜的交替
谁的手能握住风情万种的誓言

谁柔情的凝眸能望穿秋水
我的呼吸阻塞在另外一个世界
所有的曾经，用夜夜的无眠
喂养那些本已消瘦的思念
我看到这个季节无法比拟的深意之处，
小草肆意狂欢

六
五月，这个寄托了憧憬的季节
细雨靡靡的夜晚
我们不提疾苦与幸福
手里透明的杯子
用一瓶纯净的老酒
与往事干杯
偶有雁群衔来斜阳
借你的笔墨让我的相思继续沉睡吧
我恳求阳光狠狠地把我摒弃，
葬于春天

点评：诗人好像有着一世的孤独，他要他的这种孤独不给人祝福，可见诗人的心灵是美好、善良、纯洁的。但是，因为世事没有永恒，生活总会给人忧伤并困扰着诗人，所以他以一个忧伤的诗人的角色来看景看世道，自然就格外地独到。诗人想让一生过得欣欣向荣，但是现实总有许多的无奈不，比如虚伪、诡异、谎言，这些都会引起诗人的不安，也正是因为，诗人渴求他人的问候安慰。诗人在最后也表示要不提疾苦与幸福，忘掉往事，思念继续，从中，我们看到了一个博大的胸怀，一份执着的爱。诗作造句精雕细琢，善于创造意境，极富表现力。如："我的手掠过寂寞／轻轻地从月光的眸子里／剥落出树林的窃窃私语"，一开始就渲染出一种迷蒙的情景，点染出人物内心的不平静。诗作所用的意象很丰富，传达出的含义如波层层涌动，让人应接不暇。

止于怀念

那些流年和细节
比如看到云朵
就开始伤感
我喜欢怀旧
思念如羽
那场透骨的相爱
你温煦的笑已不可触及
雪用一种凝视
染白了我的鬓角

阳光斜照在落雪白皙的皮肤上
这是悲哀，我们无可探测的前世
无法衍生为今生的相依相守
我用三百六十五个日夜
把遥远的邂逅描绘
我曾经的亲密
是需要底蕴和代价的

故乡的人物、鲜花和果实
在我的梦里眨眼

走出嘈杂和繁忙
在一杯茶里午后渐浓
我站在这里
岁月的轻波在我头上荡漾
我用理智说服自己适应现在的境遇
让沉抑或浸透
裹挟着浓重的黑暗
我瞧见晚来的寒雪
低眉顺眼落了一地止于怀念

点评：诗人有一颗敏感的心，他总是把目光的触角深入到那些常人不经意的景物上，而这些景物也总是能触动他那颗敏感的心，他爱生活，爱他所爱的一切，但是在诗里，我们看到他所要表达的是一种失意的伤感。就是对那阳光照射在落雪上，他都觉得那是悲哀。这样细腻的感情和不可抑制的动情，让诗作格外厚重。“我们无可探测的前世 / 无法衍生为今生的相依相守”，是的，诗人以一颗异常冷静的心来观景，来沉思，但是，诗人的心中总是有着美好的愿望：“我用三百六十五个日夜 / 把遥远的邂逅描绘 / 我曾经的亲密”，这就是说诗人有着刻骨铭心的爱，当然，这种爱是需要“底蕴和代价的”。因为现实与理想往往太不相符，甚至于遥不可及。然而，诗人心的怀念不能放下，这种怀念我们都可能有，而且如诗人一样深入，只是诗人以诗的形式呈现给了我们，让我们尊敬。

灿烂阳光

正午的时候，冷空气的影子已经荡然无存
我走在西湖公园的石板路上
这时高原的阳光
正在一片叶子上散步
云的羊群
啃着蓝天下最后的青草
水鸟奋起，与浪花无关
十月的水域
他们的降落
还隔着冬天的一场雪

一座城的空寂就此开始
仿唐建筑的八角楼上飘出舒缓的音乐
音乐的背景，背景里的人影
把灵州城，舒缓又缠绵地展开
黄菊花怀揣清酒
她的花瓣洒向荒芜的大地
我低下头，在寂寞的阳光里

我看见台阶上一些落白
透明、赤裸风行水上漂向虚无
我的脚迹踏在盛唐人物握碎的时间上

踏过他们牵手的空间

斜斜的方格里满是太阳的光芒
我用孤独的眼眸瞄着淡蓝的天空
倾泻而下的皱纹
已经被执拗变得越来越老
我安静地坐下，看孩子在空地上嬉戏
看穿过这座城市的车水马龙
看鱼儿在水中吃着阳光
看哀伤隐匿于秋天之下

点评：诗人有着特别独到深入的人生体验和感受，看平常景，却诗兴大发，诗作给人一中年男人的沧桑之感。诗作的前两节以造境为主，境有王维诗的空灵、宁静。从诗中来看，抒情者有着修炼多年的禅者的心境，他看景，看到的是人世的寂寞、虚空，是一切繁华表象后的沉寂。这种感觉是特别深入的，是沉下心后，抛却尘世里的一切纷扰、浮华、喧嚣后的宁静、沉着、淡然。诗人看景，就如同看人生一幅幅变幻无常的图景，需用孤独的眼睛、落寞的心情，因为只有这样，才能看出表象后的本质的东西来。诗人非常睿智，能够巧妙地运用动词来传达富有情趣的意味，比如“高原的阳光／正在一片叶子上散步”“云的羊群／啃着蓝天下最后的青草”“看鱼儿在水中吃着阳光”，这些句子诗意浓厚，意境鲜明，动态感强，让人惊喜。

打捞落寞

你是一朵暗伏在我命线上的雏菊
丰盈了记忆里某一个回眸的惊喜
起起伏伏，迤逦的光影
行走如风在季节深处洁白了风尘
心灵里对你的直视与遥想
决然潇洒地溢出了我的血液

这个被乱梦纠缠的秋天
一个眼神落下的瞬间
既猝然想起
贺兰山深处清澈的水声
水声覆盖之下的枝叶
伸长进了银川色彩斑斓的水池

白色长裙漂在清澈的水面
从远处飘闪而来
穿过我的眸子
穿透我黑色的记忆
它宛若一束光
把我从落寞中打捞上来
这时枣儿正红，炊烟汹涌

我爱过的月光，
正凄清柔柔旋舞而升

属于我的田园已荒芜
泪悄无声息
漫过窗台淡淡的菊香
一次又一次摸进自己的迷宫
水晶的身体潋滟波光
白皙的手变成了叶子
叶子变绿与我不期而遇
我微微闭上双眼
慈悲的幻想
风流的夙愿
男人的泪水比金属更苍茫

点评：诗人善于运用传统诗歌里的意象来创造意境：迷离、苍凉。诗人仿佛经历了人生之中的爱、忧伤、苦难等等，心生不可卸下的男人的苍凉之感，所以面对“你”，面对秋天，面对面那下落的树叶，面对窗台上的菊花，都会产生心灵上的落寞之感，而这种感情的到来不可抵制，于是就产生了诗。诗人能抓住瞬间的灵动，运用极富扩张力的句子，将个人内心的感情反复地渲染，让人感受到一个人人生的凝重，心情的苍茫，就连泪水，诗人也写道：男人的泪水比金属更苍茫。诗人能大胆地运用移用的修辞手法，突出事物本质的特性，不论是从色彩上，还是从质地上，声音上，都给人特别鲜明的印象。诗人写落寞，其实是有爱，这种爱至深至情，所以正有此感，也就是说，诗人所要表达的是美好的追求，是让自己的心灵得到慰藉的那一种。

顾荣的诗（6首）

作者简介：顾荣，男，江苏邳州人，宁夏作家协会会员，1983年毕业于宁夏大学政治系，曾供职于灵武一中。业余创作小说、诗歌和散文，在区内外报刊上发表，出版诗集《旷野集》。现就职于宁夏煤矿安全监察局。

泰戈尔

诗人，
你完成了你时代的绝唱，
你祖国的土地上，
在旁遮普、孟买和印度河，
每一座庙宇，
每一处东方街道，
贫苦的人在疲乏的劳动中忧伤地唱着你的歌。
你优美的歌唱，

并不由你温柔的低音不能振翅飞翔，
中国和欧罗巴，
在上世纪初就听到了你金色的声音。

诗人有什么样的美丽而神奇的想象，
你从早到晚坐在菩提树下，
严峻的思想在阳光下展开光辉的每一时刻，
都在你无畏的心里永驻，
当星光透过密叶在天际处召唤，
冰冷的雨滴就落在你的膝上，
光明与黑暗在你心里慈悲地交织，
诗句由心底到舌尖。

你不倦的思想载着你不倦的脚步，
从诗人到哲人，
从宗教到音乐，
全世界还听到你和平的颤音，
你所在的贫瘠的土地上只有过去财富的影子，
思想还在原始的摇篮中睡觉，
你这集大成者，
在你祖国的峰巅上善良地微笑。

点评；运用诗歌去讴歌或追忆历史名人，文学巨匠，这类诗歌非常多，但是能像作者这样在朴素的叙述中，突出诗人内心的高洁，紧抓诗人的悲悯，善良，心怀天下，实属不易。诗歌起句“诗人”，看似平淡，但平淡中能见不凡，很中肯地给大文豪——泰戈尔做了一个怀有大爱的定位，不夸张，也不彰显。正是这种朴素，不张显的叙述格调，道出了大诗人诗歌的社会影响和诗歌不可替代的传播力量“每一座庙宇，/每一处东方的街道，/贫苦的人在疲乏的劳动中忧伤地唱着你的歌”，这也再一次印证，诗歌一直在寻找它的读者，并不像当下有种消极的误会，居然绝望地说：诗歌死了。在印度甚至是整个东方，作者通过他独特的想象不仅写出了诗人国家饱受苦难的沧桑，同时也写到了诗人内心所受到的煎熬“冰冷的雨滴就落在你的膝上，/光明与黑暗在你心里慈悲地交织”，结尾笔锋一转，将抒情达到顶峰——“你这集大成者”。

夏日的傍晚

金色的傍晚，
太阳刚隐居山下，
广袤的田野，
舒展开疲倦的身体，
空气中流动着芳香。

满天霞光，
起伏的山峦，
鲜花、野草、空气，
落日宁静的世界，
渐渐合拢她美丽的眼睛。

点评；这是一首清新而又雅致的诗歌，作者从夕阳、田野入手，缓缓将读者带入到宁静而又美好的大自然中，使人有了远离喧嚣的城市的欲望。美好的、安静的东西是人们所向往的，也是生活的本真状态。它是人们向往回归自然的一个见证。随着农村城镇化、城市工业化，人们距离大自然似乎越来越远了，恰恰是这种“远”才唤起了人们的回归之心。诗歌最后以鲜花、山峦、野草尽收眼底。自然而巧妙。对于诗人而言，不仅要关注诗人的内心世界，还要将视野投放到大自然中，从中汲取自然赋予诗歌的元素。事实上，大自然的供养是人心灵的源泉，它以现存的各种元素与诗人的心灵碰撞，由此产生天人合一的能量交流。

站在谷底

一个山谷，
永远是一个山谷，
常年守候着虚空，
胸怀够得上宽大，
望着白云而不忧愁。

我置身谷底，
如深入一个世界。

花在瘦弱地开放，
顽石老人般耸立，
不久一道黑影就掠过来。

传说这里曾屯过兵，

一场大火烧出过焦土，
现在那些幽灵哪去了，
午间只有和煦的阳光。

点评：一个人的寂寞是自己和自己对话。站在谷底的虚空、寂寞和无助不只有空气和野草顽石知晓，诗人也能深切地感知到。诗人站在曾经屯过兵的谷底，他此时的心境不能单纯地说就是荒凉。他要将这荒凉化为关照，化为对生命的体悟。诗人对于时光的缅怀，过往时光的追忆，可谓思绪万千，又凝聚一处。当然，睹物思情，感念当下也是免不了的心绪。一个沉默不语的山谷，在诗人的眼中它已经孕育了万千的生机，只有诗人的嗅觉才能触摸到，因此诗人重新看到了“花在瘦弱地开放，/顽石老人般耸立”，对于大自然的回归、探究，注定诗人要来自内心的发问。问生命的价值，问存在的意义。

一只小鸟

好美丽的一只小鸟，
独自在旷野中飞，
压倒寂寞，
唱于天下。

这样的鸟不多，

雨淹了她的老巢，
新巢筑于冰冷的土崖，
风暴到来的前夕，
这小鸟就唱歌壮胆。

啊！这孤鸟。

点评：一只小小鸟，诗人却赋予了它坚强、柔韧、不屈的个性“压倒寂寞”，是小鸟的不甘寂寞，也是诗人自身的写照。第二节“这样的鸟不多”为后边的叙述做了很好的铺设。“啊！这孤鸟”有着太多的赞誉、惊讶、感叹，当然也有着诗人对小鸟的惺惺相惜。此时的这只小鸟，在诗人的眼中已经变成了读者想象中的小鸟，一只被诗人关注到的小鸟，一个独自在旷野里承受了寂寞的小鸟，一只为自己壮胆的小鸟。小鸟自古以来就是精灵的化身，它敢大声歌唱，它敢抵御暴风雨，但是它也有着柔弱一面，谁又能说“这一只小鸟”没有我们每个人的影子呢？对于诗人而言，要在“小鸟”这样一个司空见惯的题材上写出新意，不仅需要明锐的观察力，更需要个人内心的诗意修为。

刀　法

伸出想象的触角，
直抵无心湖，
已发现理还乱的心绪，
旁置一锋利小刀。

点评：这是一首意象意味很浓的诗，它直抵诗人营造的意象境地，看似无序，短小，却有着内在诗性关联。我们无须考证“无心湖”，但是，我们看到了一种瞬间的痛楚与了结。做到这样，以短取胜，对于作者来说，必须要有极高的冥想力和对语言的处置力。它很容易让人们想到“剪不断／理还乱，是离愁／别是一番滋味在心头”之句。想象本就是很抽象的东西，诗人又将思维跳跃到“思绪”上来，感性与理性如此纠结，此时只能凭借一把锋利的小刀来斩断乱如草麻的忧愁了。因此，诗人结尾放置了一把锋利的小刀。诗歌的短小精悍，除却语言上的高度凝练，还有一个极大的好处：诗歌的“留白”空间大。这样可以让读者在最大可能的前提下，任由思想自由的飞翔。

心与舞

你在我心尖跳舞，
俯卧之上，
引谁心痛？
这无药可救的颤音，
这一去一返的永恒……

点评：爱是美好的，也可能是致命的。一段爱情的延续抑或终结并不代表某个人的留下或离开。真正受伤的爱情并不是“挥一挥衣袖，不带走一片云彩”那么轻松，那么简单。如果真能做得如此潇洒，那爱情也不会被世人奉为永恒！这首诗歌三言两语，将爱情的甜蜜和痛苦描绘得淋漓尽致，爱着的对方，你的一举一动，不仅左右我的快乐甜蜜，同样也会牵动我的痛苦和忧愁。爱情本身就是双刃剑，舞得好的人就会携子之手，与子偕老；不会舞者，就会饮伤而泣。诗人在诗歌的意象上，毫不掩饰地表达了对爱恋的不稳定、不可靠的感叹。也许，在这首诗中，诗人表达的是一种隐秘的、不可告人的私情；也许，作者在对现存的爱情发出了刻骨而无奈的感叹。